CAT SCHIELD

Juegos del amor

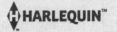

HARLEQUIN™

Editado por Harlequin Ibérica.
Una división de HarperCollins Ibérica, S.A.
Núñez de Balboa, 56
28001 Madrid

© 2018 Catherine Schield
© 2019 Harlequin Ibérica, una división de HarperCollins Ibérica, S.A.
Juegos del amor, n.º 161 - 17.1.19
Título original: Upstairs Downstairs Baby
Publicada originalmente por Harlequin Enterprises, Ltd.

I.S.B.N.: 978-84-1307-351-4
Depósito legal: M-35260-2018
Impresión en CPI (Barcelona)
Fecha impresion para Argentina: 16.7.19
Distribuidor exclusivo para España: LOGISTA
Distribuidor para México: Distribuidora Intermex, S.A. de C.V.
Distribuidores para Argentina: Interior, DGP, S.A. Alvarado 2118.
Cap. Fed./Buenos Aires y Gran Buenos Aires, VACCARO HNOS.

MIXTO
Papel procedente de
fuentes responsables
FSC® C108412

Este libro ha sido impreso con papel procedente de fuentes certificadas según el estándar FSC, para asegurar una gestión responsable de los bosques.

Prólogo

Everly Briggs hizo todo lo que pudo para parecer que escuchaba atentamente las desdichas amorosas de London McCaffrey. Estaban asistiendo a un acto que se llamaba «Las mujeres hermosas toman las riendas» y que había presentado Poppy Hart, una conferenciante muy persuasiva y dueña de Hart Success Counseling, una... asesoría muy afamada.

—¿No te dio ningún motivo para romper el compromiso?

Everly lo dijo como si estuviese horrorizada, pero la verdad era que ya lo sabía todo sobre el fallido idilio de London con el jugador de béisbol profesional Linc Thurston. Por eso se las había ingeniado para encontrarse con ella esa noche.

London apretó los labios y sacudió la cabeza.

—Dice que no está preparado para casarse, pero hemos estado prometidos durante dos años.

London era una hermosa mujer, con el pelo rubio y liso y ropa cara, era de Connecticut y eso hacía que fuese una forastera en Charleston.

—¿Crees que te engañaba? —preguntó Zoe Crosby con un brillo de rabia en los ojos marrones.

—Linc... ¿engañarme? —London jugó con su collar de perlas Mikimoto pensativa—. Sí, supongo que es una posibilidad. Viaja medio año con el equipo y vive en Texas durante la temporada.

–Y ya sabes cuánto les gustan a las mujeres los deportistas profesionales –añadió Zoe.

–Esos hombres no tienen derecho a tratarnos tan mal –intervino Everly. Un hombre rico y poderoso había maltratado a cada una de esas mujeres–. Tenemos que desquitarnos de Linc, Tristan y Ryan. Los tres necesitan una lección.

–Aunque la idea me atrae muchísimo –comentó London–, no sé cómo podría vengarme de Linc sin que saliera escaldada.

–¿Qué sacaríamos nosotras? Hagamos lo que hagamos, acabaríamos pareciendo las malas –añadió Zoe.

–No si cada una de nosotras… persigue al hombre de otra –Everly dominó una sonrisa jactanciosa mientras observaba la expresión de curiosidad de sus compañeras–. Pensadlo. Somos desconocidas en un cóctel. ¿Quién iba a relacionarnos? Yo persigo a Linc, London persigue a Tristan y Zoe persigue a Ryan.

–Cuándo dices «perseguir», ¿en qué estás pensando? –preguntó Zoe en tono dubitativo.

–No vamos a hacerles daño físico –contestó Everly con una sonrisa radiante–, pero no hay ningún motivo para que no podamos estropearles una operación financiera o enredar su actual relación sentimental. Cada una de nosotras ha sido víctima de un hombre despiadado. Sin embargo, somos mujeres fuertes y empoderadas, ¿no creéis que ya va siendo hora de que actuemos como tales?

London y Zoe empezaron a asentir con la cabeza.

–Me gusta la idea de pagar a Linc con la misma moneda. Se merece sentir algo del dolor y humillación que he soportado desde que terminó nuestro compromiso.

—Cuenta conmigo también —añadió Zoe inclinándose hacia delante.

—Fantástico. Ahora, os contaré lo que creo que tenemos que hacer…

Capítulo Uno

Tenía que despedir a Claire.

Lincoln Thurston abrió la boca para hacer precisamente eso cuando ella dejó el zumo de kale, proteínas en polvo y arándanos en la mesa del desayuno, al lado de la bolsa de deporte. Luego, le sonrió con tanta dulzura que él solo pudo sonreírle también.

Le desesperaba desprenderse de su empleada. Estaba obsesionado con esa joven encantadora que le cocinaba y le limpiaba la casa. La había contratado hacía doce meses y cada vez le costaba más no pensar en ella de cierta manera... carnal.

Sin embargo, se sentía responsable de ella. Claire estaba a casi cinco mil kilómetros de su familia y su marido había muerto en Afganistán hacia dos años. Además, ¿qué excusa podía darle? Cocinaba como los ángeles y tenía su casa de Charleston perfectamente ordenada. Se ocupaba de él, de Linc Thurston el hombre normal y corriente, no del jugador de béisbol, multimillonario, sin pareja desde hacía poco y un soltero muy codiciado.

Sacudió la cabeza con fuerza. Tenía que dejar de pensar en Claire. Ya le había resultado perjudicial para su vida amorosa y había hecho que rompiera su compromiso. Aunque tampoco era justo echarle la culpa a Claire. Jamás le había provocado y ni siquiera se había comportado como si fuera un hombre atractivo y adinerado que pudiera sacarla de ese trabajo tan poco estimulante. Le agradaba que no quisiera sacar nada de él, pero, por otro lado, le encantaría que quisiera seducirlo. No le habría importado ser el centro de una trama siniestra para atraparlo. Al menos, podría acostarse con ella y no se arrepentiría lo más mínimo.

Ganaba quince millones de dólares al año como jugador de los Texas Barons y estaba acostumbrado a que las mujeres se le abalanzaran. No se habían contenido ni por su compromiso. A los veintiséis años, cuando estaba empezando un contrato multimillonario por ocho años, había sido un vividor. En ese momento, a los treinta y tres años, cuando solo le quedaba un año de contrato, quería sentar la cabeza, tener una esposa e hijos. Al menos, eso era lo que había pensado hasta que se había replanteado lo que sentía por London McCaffrey y se había dado cuenta de que no estaba enamorado de ella.

Entonces, ¿qué era lo que le preocupaba de Claire?

—Mamá…

Sería el mayor majadero de todos los tiempos si despedía a Claire. Y el motivo de ello entró en la cocina como Dios la trajo al mundo.

—¿Dónde está tu ropa? —exclamó Claire mientras su hija pasaba de largo.

Claire tenía un pelo castaño y liso que le llegaba a los hombros y una nariz pecosa, tenía un aire natural que algunas veces hacía que pareciera demasiado joven para ser madre.

Honey Robbins, de dos años, fue directa hacia Linc, quien la tomó en brazos y le dio unas vueltas en el aire. Tenía los ojos brillantes y le había conquistado desde la primera vez que la había visto. Honey se rio estridentemente y él sonrió. La madre y la hija lo habían cautivado de tal modo que no tenerlas cerca sería mucho peor que tener que luchar todo el rato contra la atracción.

Tendría que aguantarse.

—No sé qué le pasa a esta niña que no puede estar vestida —comentó Claire sin apartar los ojos marrones de las rollizas mejillas de su hija.

—Es posible que se parezca a su madre...

¿Lo había dicho? Esas palabras irreflexivas habían hecho que Claire se sonrojara y que él pensara en lo que no tenía que pensar.

—Quería decir que los niños se parecen a sus padres.

—Es un alivio —replicó Claire—. Creía que las cámaras de seguridad me habían pillado bañándome desnuda la semana pasada.

La verdad era que no había cámaras de seguridad y que jamás se bañaría desnuda en su piscina. Por eso bromeaba. A pesar del tono provocativo, Claire era una viuda de veintisiete años muy recatada que todavía llevaba el anillo de boda. Evidentemente, no había olvidado a su marido, muerto hacía dos años cuando un suicida hizo estallar un explosivo al paso del convoy militar.

—Será mejor que revise el vídeo —comentó él en un tono burlón—. ¿Qué día fue más o menos?

—No pienso decírtelo. Así tendrás algo que hacer mientras paso la aspiradora en el piso de arriba.

Ella no tenía pelos en la lengua y lo trataba como si fuera su hermano mayor. Él tenía la culpa. Hacía un año, cuando la contrató, él marcó el tono de la relación y quería, no, necesitaba, alguien con quien pudiese ser él mismo. Por eso, en parte, ella le había cautivado. No tenía que reprimirse, era la única persona que había oído hasta sus pensamientos más sombríos, sus dudas y sus secretos.

Menos una cosa: lo que había llegado a sentir por ella.

Claire, a cambio, le había contado que se había criado en San Francisco y cómo conoció a su marido. Los ojos le brillaron al hablar de él y se le empañaron de lágrimas al decir que Honey se criaría sin conocer a su padre.

¿Cómo iba a aprovecharse de alguien así? De una madre soltera que no podía recurrir a nadie si perdía el empleo y el sitio donde vivía. Era posible que él no fuese la mejor persona del mundo, London podría certificarlo, pero sí tenía algunos límites que no iba a superar, y seducir a Claire era uno de ellos.

Se le encogió el corazón al ver a Linc con Honey. Ese hombre era demasiado guapo para su tranquilidad de espíritu. Desde que rompió el compromiso con London, cada vez le había costado más no fantasear con la posibilidad de que Honey y ella formasen parte de la familia de Linc. Cuando empezaba a soñar despierta, se ponía los guantes de goma y le limpiaba el cuarto de baño, y volvía a poner los pies en la tierra. Al fin y al cabo, Bettina Thruston, la madre de Linc, no había llegado a aceptar del todo a London, y eso que tenía belleza, dinero y éxito.

Miró los bíceps de Linc cuando levantó a Honey en el aire y le dio vueltas hasta que gritó de emoción. Era imposible negar el atractivo de ese hombre cuando hacía feliz a su hija, esa mandíbula firme, esos ojos azules con un brillo burlón y ese labio inferior tan sensual.

–¿Qué vas a hacer hoy? –le preguntó él mientras estrechaba a Honey contra su pecho.

Él bebé le dio una palmada en la mejilla con la manita regordeta. No podía permitir que le siguiera atrayendo, tenía que haber alguna manera de frenarlo o, al menos, de que la atracción hacia él no siguiera creciendo.

Se imaginó la reacción de la madre de él, Bettina, una auténtica belleza sureña de rancio abolengo. Sería impensable que la considerara una pareja aceptable para su hijo.

–Claire… –la voz grave de Linc la sacó de su ensimismamiento.

–Perdona. Estaba pensando en todo lo que tenía que hacer hoy.

–¿Qué te parece que me ocupe de ella para que puedas hacerlo todo más deprisa?

Linc le hizo unas cosquillas a Honey, que se rio de placer.

Ella sacudió la cabeza. No era profesional dejar que su jefe hiciera de niñera, pero también era verdad que la línea entre jefe y amigo había ido difuminándose.

–No –contestó ella–. Puedo hacerlo todo.

Sin embargo, se llevaban tan bien que era tentador dejar a Honey a cargo de Linc. Además, le preocupaba otra cosa. Honey iba a criarse sin un padre y podría encariñarse. ¿Qué pasaría cuando Linc se casara y tuviera hijos? Honey se quedaría desconcertada cuando él le dedicara toda su atención a sus hijos y no tuviera tiempo para ella.

—Me vendría bien su compañía…

Maldito fuese por ser tan insistente. Abrió la boca para negarse otra vez, pero vio algo en él que la detuvo. Su actitud había cambiado desde que rompió el compromiso con la increíblemente hermosa y triunfadora London. Era como si hubiese perdido algo de su arrogancia.

London ya se había repuesto, ya había saltado a las páginas de sociedad después de que la vieran del brazo de Harrison Crosby, el playboy millonario y piloto de coches. A ella no le sorprendería que Linc estuviera un poco celoso por lo deprisa que se había buscado un sustituto.

—No puedes cuidar a Honey.

Claire le quitó a su hija de los brazos y Honey se quejó, pero Claire hizo un esfuerzo para mantener una expresión seria. Era como intentar no sonreír cuando un cachorrillo gruñía mientras jugaba. Había heredado el carisma de su padre, quien podía engatusar a cualquiera.

—Si no recuerdo mal —siguió Claire—, hoy deberías almorzar con tu madre.

—No me he olvidado —replicó él con una mueca.

Linc agarró la bolsa de lona y se dio la vuelta para salir de la cocina. Claire se aclaró la garganta antes de que hubiera dado dos pasos. Volvió a darse la vuelta y ella levantó el zumo. Una mueca de fastidio le deformó los atractivos rasgos, pero tomó la bebida.

—Quiero que te lo bebas antes de que te marches —le ordenó ella.

Él levantó el vaso y lo olió. Dio un sorbo.

–¡Caray! –exclamó–. Esto está muy bueno.

El corazón de ella dio un vuelco de alegría y asintió con la cabeza para disimular la reacción a su halago.

–Le he puesto un poco de sirope de agave porque sé que eres goloso.

–Eres la mejor.

Claire, emocionada por sus palabras, se quedó mirándolo mientras se alejaba, hasta que sacudió la cabeza para salir del embrujo.

Se llevó a Honey a su habitación. Estaba llena de libros y juguetes para que la niña estuviese entretenida mientras su madre trabajaba. Una vez vestida, la sentó en una silla que colgaba de la mesa de la cocina. Con Linc en el gimnasio, la casa recuperaba la tranquilidad habitual.

Hizo la lista de la compra mientras su hija comía trozos de plátano y de galletas de arándano que había hecho ella. Linc había decidido que iba a dar una cena el sábado. Era la primera vez que recibía desde que había roto formalmente con London. Cuando estaban juntos, ella prefería celebrar todos los actos sociales en su mansión. London siempre había dudado de que ella, Claire, tuviera la experiencia y sofisticación necesarias para un acto digno de Charleston. Sin embargo, cocinaba como un ángel. Lo decía todo el mundo que había probado su comida. En realidad, su destreza culinaria le había permitido suplantar a la empleada doméstica de Bettina durante un almuerzo de mujeres y había acabado siendo la empleada de Linc.

En cuanto Honey terminó de desayunar, la vistió con una ropa preciosa que había comprado en una tienda de segunda mano y fue a la tienda gourmet con la lista de la compra. El menú exigía algunos ingredientes especiales y sabía que allí podría encontrar todo lo que necesitaba.

Mientras hacía la compra, entretenía a Honey practicando los colores.

—¿Qué color es este? —le preguntó Claire.

—Verde —contestó Honey mientras aplaudía encantada consigo misma.

—Muy bien —le felicitó ella a la vez que le daba un beso en la mejilla que hizo reír a su hija.

—Vaya, vaya, que niña tan lista.

Claire se dio la vuelta y vio a una mujer impresionante de treinta y pocos años con ojos verdes y pelo rubio oscuro con destellos dorados. Tenía un cutis perfecto y unos labios carnosos y llevaba una camiseta amarilla con una falda floreada.

—Gracias, aprende muy deprisa —explicó ella con una sonrisa de orgullo—. Ya sabe contar hasta cincuenta y también sabe el abecedario.

—Caray… ¿Cuántos años tiene?

—Cumplió dos el mes pasado.

La mujer se quedó claramente impresionada.

—Deberá de trabajar mucho con ella…

—Paso todo el día con ella en casa y eso es importante.

La mujer le miró el sencillo anillo de oro que llevaba en la mano izquierda. Su primer impulso fue taparlo por su delatora falta de refinamiento, pero se molestó un poco consigo misma por eso. En esa parte de la ciudad el refinamiento lo era todo, y ya estaba cansada de que la desdeñaran tan deprisa. Sin embargo, la expresión de esa mujer solo transmitía interés sincero.

—Seguro que está leyéndole todo el rato.

–Es verdad. Le encantan los libros.

Claire sonrió a Honey, y se dio cuenta de todos los recuerdos que tenía de su madre leyéndole desde el butacón de la sala.

–¿Tiene hijos? –añadió Claire.

–No, no estoy casada –la mujer suspiró–. Me encantan los niños, pero no sé si estoy hecha para ser madre.

–No siempre es fácil.

La mujer sonrió para mostrar comprensión.

–Me llamo Everly Briggs.

–Encantada de conocerte, Everly. Yo me llamo Claire Robbins y ella es mi hija Honey.

–Bueno, Claire, llevas una serie de ingredientes muy interesante… –comentó Everly mirando con detenimiento el contenido del carrito de Claire–. ¿Qué vas a hacer?

Claire sonrió y desgranó el menú que había estado pensando durante casi toda la semana.

–Vieiras sobre tortitas de patata con salsa de caviar, pierna de cordero a fuego lento con puré de verduras y rúcula con remolacha asada y pacana tostada. De postre haré una tarta de granada y chocolate.

Los ojos de la mujer iban abriéndose más con cada elemento del menú.

–Vaya, es muy impresionante. ¿Qué se celebra?

–Mi jefe da una cena.

–¿Quién es? Tengo que conseguir una invitación, parece delicioso.

Everly lo preguntó con tanta despreocupación que ella contestó antes de pararse a pensar si debería hacerlo.

–Lincoln Thurston.

La mujer perdió algo de simpatía cuando oyó el

nombre de Linc. Dejó la conversación de cortesía y pareció fascinada.

—Ah… —su sonrisa tuvo algo de ávida—. Ahora sí que quiero ir a la cena. He oído decir que ya no tiene pareja…

—Sí…

Claire deseó mantener la boca cerrada y tomó aliento para despedirse con amabilidad, pero la desconocida se agarró al carrito de la compra para evitar que se fuera a algún lado.

—La semana que viene voy a recibir a algunos amigos y me encantaría contratarte para que te ocupes de la comida.

—A mí también me encantaría, pero no puedo. Cuando he dicho que trabajo para Linc… —Claire maldijo el desliz de antes. Por un instante, había captado admiración en los ojos de esa mujer y había sido increíble—. No soy su cáterin, soy su empleada.

—¿La interna…? —preguntó Everly con una delicadeza que solo quería disimular la curiosidad.

—Sí —contestó Claire con el ceño fruncido.

¿Qué buscaba esa mujer?

—Ah… —Everly lo dijo en un tono que podía entenderse de cualquier manera—. Entonces, eres la mujer de la que está cotilleando todo Charleston.

Capítulo Dos

Cuando Linc volvió del gimnasio, el coche de Claire no estaba en el camino de entrada. La noche anterior había elaborado el menú de la cena y lo más probable era que estuviese comprando los ingredientes. Estaba emocionado de tenerla de cocinera para sus amigos. Su destreza en la cocina era increíble y le extrañaba que no se hubiese ido a trabajar en un restaurante cuando se mudó a Charleston. Se lo preguntó una vez y ella le habló de las interminables jornadas laborales y de que tendría que buscar a alguien que se ocupara de su hija. Él le había escuchado hablar de sus complicaciones por ser madre soltera y le había gustado que antepusiera las necesidades de Honey. Aun así, le daba la sensación de que había algo más. Parecía como si no tuviese confianza en su capacidad, lo cual, era un disparate, porque cocinaba como un ángel.

Dejó la bolsa de deporte en un taburete de la cocina y rebuscó en la nevera algo que le quitara el apetito que le daba el ejercicio. Claire siempre tenía algún tentempié preparado para él, y ese día no fue una excepción. Miró el reloj por el rabillo del ojo y vio que solo le quedaba una hora. Su madre lo esperaba para almorzar y se había retrasado por culpa de unas compras improvisadas que había hecho de camino al gimnasio. Había caído en la cuenta de que Claire llevaba un año trabajando en su casa. Se le había pasado celebrarlo la semana anterior y había decidido enmendar el error. Cerca del gimnasio estaba la boutique de Theresa Owens, una amiga del instituto de su hermana Sawyer, y había entrado para comprarle un pequeño regalo.

Después de zamparse un sándwich de pavo y queso y un cuenco con frutos rojos, buscó un bolígrafo para firmar la tarjeta que acompañaba a los pendientes de plata con turquesas, turmalinas y ópalos. Los había elegido porque se había fijado en que los únicos accesorios que llevaba Claire eran unos pendientes, aparte del sencillo anillo de boda.

Dejó el estuche y la tarjeta en la mesa de desayuno, donde Claire los encontraría, y subió a ducharse y a cambiarse. Su madre esperaba que llegara a su casa a mediodía con unos pantalones planchados, una camisa inmaculada y una chaqueta. Era posible que no hubiesen tenido mucho dinero cuando su madre era pequeña, pero la habían criado dentro de las más estrictas costumbres sureñas.

Su abuela se había aferrado a los recuerdos de los tiempos de riqueza y poder hasta mucho después de que su marido hubiese vendido la casa de South of Broad a un hombre adinerado de fuera que no era conocido en la ciudad. A muchas familias antiguas de Charleston les había costado mantener la enseñanza en centros privados, la presión social y los gastos que conllevaban las enormes casas históricas.

Sin embargo, a pesar de las dificultades económicas, su abuelo había conservado un estatus suficiente como para que su familia se mantuviera a flote entre lo más granado de la sociedad. Su madre nunca había renunciado al sueño de devolver a su familia el esplendor que tuvo, ni siquiera cuando resultó que su marido era tan poco astuto para los negocios como lo había sido su padre y su empresa fraudulenta solo había conseguido que la Administración les embargara los bienes y las cuentas bancarias.

Por eso, lo primero que hizo en cuanto firmó un contrato como jugador profesional fue instalar a su madre en una casa que le ofrecería la comodidad que había conocido cuando era pequeña. La casa Mills–Forrest estaba en la calle King, en South of Broad. Fue construida en 1790 y Knox Smith la reformó a conciencia para ofrecerle a Bettina la mezcla perfecta de encanto tradicional y funcionalidad moderna.

Knox era su mejor amigo. También era un promotor inmobiliario que había trabajado mucho para que Charleston recuperara el brillo de otros tiempos. Cuando tenían veintitantos años y eran solteros, los dos habían pasado mucho tiempo quemando la ciudad y rompiendo corazones.

Veinte minutos después, mientras entraba en la sala de su madre, volvió a sentir una punzada de alegría por haber podido hacer aquello. Ella estaba en su salsa y recibía a todo el mundo sentada junto a la chimenea en una cómoda butaca tapizada con cretona.

–Buenos días, madre. Tienes un aspecto fantástico.

Linc cruzó la habitación y se inclinó para besar la delicada mejilla de Bettina. Se quedó así un instante para inhalar el perfume de rosas y sonrió al recordar el tiempo que pasaba en su regazo cuando era pequeño. Bettina siempre le daba un abrazo antes de que se acostara, incluso cuando llegó su hermana y acaparó todo el tiempo de su madre.

–Naturalmente –replicó su madre en un tono algo seco y con un brillo en los ojos–. Ayer me hicieron un tratamiento facial que me quitó diez años de encima.

Luego, le apretó la mano y le señaló otra butaca que tenía al lado. Tomó una campanilla de plata que había en la mesilla y la agitó con fuerza. Una mujer delgada y con pelo rubio entrecano apareció en la puerta de la sala.

Dolly llevaba diez años con su madre y habían establecido una relación despectiva y beligerante que les daba muy buenos resultados.

–Linc quiere un martini –aseguró su madre.

–No, gracias. Solo quiero un poco de agua con gas con una rodaja de lima.

–Yo tomaré un bourbon con hielo.

–Háblame de la cena que vas a dar mañana –siguió Bettina, mirándolo con sus penetrantes ojos azules–. ¿Quiénes están invitados?

–Los sospechosos habituales. Knox, Sawyer, Austin, Roy, Grady y algunos más. Somos doce en total.

Su madre se dejó caer sobre el respaldo con desaliento.

–¿Has invitado a alguna chica aparte de tu hermana?

A Bettina no le hizo ninguna gracia que empezara a salir con London. Él sabía que esa vez estaba dispuesta a encauzarlo hacia una elección más adecuada. A ser posible, con una joven que tuviera unas raíces en Charleston tan profundas como las de él.

19

–Ella ha prometido traer a seis amigas, así que estaremos empatados.

Su madre tenía el don de transmitir desagrado sin tener que mover un solo músculo de la cara.

–No puedes permitir que unas amigas desconocidas de tu hermana vayan a decidir tu vida amorosa.

–Tampoco puedo permitir que las aspiraciones sociales de mi madre vayan a decidir mi vida amorosa.

Él lo dijo con una sonrisa para que las palabras no resultaran hirientes y Bettina agitó una mano como si estuviera espantando una mosca.

–Tienes la responsabilidad hacia esta familia de casarte bien y de tener unos hijos que llevarán el nombre de los Thurston.

Hubo una época, cuando descubrieron los fraudes de su padre, en la que Bettina había renegado del nombre de los Thurston, pero él, prudentemente, prefirió no recordárselo.

–Si no me das cierto margen para elegir –replicó Linc–, me moriré solo y sin hijos.

Lo dijo como si fuese una broma, pero la verdad era que no estaba seguro de que fuese a enamorarse de la mujer indicada. No había más que ver el error que había cometido con London. Todavía seguía sin tener claro si había sentido amor y si lo había conquistado por su belleza, su personalidad arrolladora y su espíritu competitivo.

Se conocieron cuando él tenía veintimuchos años y estaba empezando a perder interés en ese despreocupado carrusel de mujeres que entraban y salían de su vida. La vio en un acto benéfico que había organizado ella y se sintió atraído por su belleza. Que además tuviera cerebro y ambición fue la guinda del pastel y se hicieron novios al cabo de un mes.

–No seas ridículo. Puedo enumerar una docena de mujeres que serían perfectas para ti. Es más, haré una lista en cuanto te marches y las invitaré a una fiesta que celebraré aquí dentro de un par de semanas. Esa chica que tienes es un sueño…

Mientras su madre no paraba de hablar, él se debatía con la idea de ser el centro de una de las reuniones de Bettina. Por una parte, quería hacer feliz a su madre después de todo lo que había pasado en la vida, pero no estaba dispuesto a renunciar a su libertad si la mujer no era espectacular de verdad.

–… Claire?

El corazón le dio un vuelco cuando su madre mencionó a la joven viuda.

–¿Qué pasa con Claire?

¿Acaso había adivinado su madre que su empleada cada vez le preocupaba más?

–¿Puedes prestármela para que prepare la comida de mi fiesta?

La pregunta de su madre le recordó que tenía que acabar con la atracción que sentía hacia Claire. Podría salir bien en otra ciudad, pero en Charleston, donde su madre estaba aferrada a su historia familiar, un Thurston y una forastera no tenían nada que hacer, y menos cuando esa forastera también era su empleada doméstica.

–Le preguntaré si quiere –contestó él en un tono apagado.

–Perfecto. Dile que se pase a principios de la semana que viene para que comentemos el menú.

Unos minutos después, Dolly anunció que el almuerzo estaba preparado, para alivio de Linc. Notaba que su madre estaba dándole vueltas a la cabeza. Mientras servían la comida, Bettina pidió un bolígrafo y papel para escribir la lista de mujeres que pensaba presentarle.

Linc, en silencio, dio sorbos de crema de tomate y devoró unos sándwiches de gambas al curry con ensalada de huevo mientras su madre comentaba algo sobre cada mujer que iba a incluir en la lista.

Las mujeres se habían abalanzado sobre él desde el instituto y no podía dar un paso sin que una mujer hermosa le tirara los tejos desde que empezó a ser jugador profesional de béisbol. Sin embargo, normalmente, no miraba con interés a esas mujeres. Salían de su vida después de una noche o de un revolcón precipitado.

Su madre se proponía encerrarlo con un grupo de mujeres ávidas de casarse… y dudaba mucho que saliera indemne. Por eso, empezó a preparar una lista de amigos solteros para que acudieran y le quitaran un poco de presión.

A los postres, su madre pasó a cotillear sobre sus vecinos y las andanzas de su exfamilia política. No tenía nada nuevo o sorprendente que decir, pero él se dejó arrullar por su voz mientras se preguntaba si Claire habría encontrado los pendientes y le habrían gustado.

—Estoy pensando en casarme otra vez.

La repentina declaración de su madre lo sacó del ensimismamiento.

—¿Casarte otra vez? —repitió él sin salir de su asombro—. No sabía que estuvieras… viendo a alguien.

—No lo hago, al menos, a nadie en exclusiva.

Linc frunció el ceño. ¿Qué quería decir? Entrecerró los ojos y miró con detenimiento a su madre.

–Entonces, ¿estás viendo a varios hombres?

Eso no le encajaba con el comportamiento de su madre desde que su padre entró en la cárcel, salió y pidió repentinamente el divorcio. Bettina se había quedado fuera de juego después de años de un apoyo incondicional, y él había roto cualquier contacto con su padre. Desde entonces, ella había sido muy discreta y no había salido con nadie, al menos, que él supiera.

–No como tú insinúas –contestó su madre en un tono cortante–. Recibo a algunos caballeros de vez en cuando. Vienen a almorzar o a algún cóctel. Algunas veces a cenar.

–¿Dónde conoces a esos hombres?

–¿Capto cierta preocupación en tu tono? –preguntó ella, satisfecha por la inquietud de su hijo.

–Claro que es preocupación. No puedes soltarme algo así como si nada –Linc sacudió la cabeza. Estaba siendo un almuerzo lleno de acontecimientos–. ¿Estás segura de que están interesados por ti y no es solo...?

–Ni se te ocurra acabar la frase. Soy una mujer atractiva.

–Lo eres... –murmuró él.

Bettina siguió hablando como si él no hubiese dicho nada.

–Con necesidades.

–Basta, por favor –le pidió Linc, quien prefería no pensar que su madre tuviera vida sexual.

Hizo caso omiso de los melindres de su hijo.

–Has estado tan ocupado con tus cosas que no has prestado gran atención a lo que nos pasaba a tu hermana y a mí –su madre hizo una pausa–. ¿Sabías que ella ha estado saliendo con alguien?

Él negó con la cabeza y se quedó perplejo por los giros que estaba dando la conversación.

–¿Lo conozco?

Bettina sacudió la cabeza.

–Ya sabes que no me cuenta nada sobre su vida personal.

Sawyer había aprendido esa lección al ver a su madre entrometerse en la vida de él.

–Entonces, ¿por qué lo sabes?

–Una madre conoce a sus hijos y Sawyer se porta como si tuviera un secreto.

Linc esperó que eso no fuese verdad porque no quería, por nada del mundo, que su madre averiguara lo que sentía hacia Claire.

Claire se quedó pasmada y miró boquiabierta a la mujer que acababa de decir algo tan provocador.

–¿Linc Thurston y yo? –preguntó Claire medio indignada y medio riéndose–. Eso es ridículo.

Si bien no le extrañaba que esa mujer supiese que Linc había roto con London, le pasmaba que alguien pudiera pensar que ella era el motivo.

–¿De verdad? –preguntó Everly arqueando las cejas.

–Te equivocas por completo. Soy su empleada.

Por no decir que no era el tipo de Linc, ni mucho menos. A él le gustaban las mujeres hermosas, elegantes, con dinero y que sabían moverse en sociedad. Un hombre con su categoría social necesitaba una anfitriona consumada a su lado, alguien con una posición parecida en Charleston. Su madre no permitiría menos.

–¿Te parece muy raro que un hombre tenga

una aventura con una empleada? –preguntó Everly en un tono cargado de insinuaciones insidiosas.

Claire pensó en todos los escándalos que se habían conocido entre hombres famosos y sus empleadas, desde secretarias a cocineras y niñeras, y supuso que no era disparatado que esa mujer sacara conclusiones equivocadas sobre ella.

–Linc no es así –contestó ella sin mucho convencimiento.

¿Por qué se empeñaba en defender a Linc y en defenderse a sí misma cuando esa mujer no podía estar más descaminada, por no decir nada de la impertinencia que era?

–Eres mujer y eres guapa. Tienes que entender lo que parece.

La insistencia de esa mujer hizo que Claire repasara todo lo que había hecho con Linc. Efectivamente, habían flirteado en broma de vez en cuando, como esa mañana, cuando hablaron de que se bañara desnuda en su piscina. Notó que le abrasaban las mejillas y pensó que podría haberse interpretado equivocadamente.

–Siempre ha tenido una relación exclusivamente profesional conmigo.

–Naturalmente –concedió Everly sin el más mínimo convencimiento.

Claire estuvo a punto de darse media vuelta, pero se acordó de que un solo atisbo de escándalo podía ser muy perjudicial en la cerrada comunidad de Charleston y tomó aire para intentar aclararlo definitivamente.

–Linc está rodeado todo el rato por mujeres hermosas e interesantes –replicó Claire sin alterarse–. Yo limpio sus cuartos de baño y eso no tiene nada de hermoso o interesante. Ahora, si me disculpas, tengo que terminar la compra.

Claire empujó el carrito, pero, para su agotamiento, esa mujer no iba a darse por vencida. Oyó que los tacones de Everly se acercaban a ella. Una mano con las uñas perfectamente arregladas agarró el carro y ella pudo ver que parecía arrepentida.

—Lo siento. Ha sido una impertinencia. Te invito a almorzar para disculparme.

A Claire le costó contener las ganas de reírse. Se imaginó lo fuera de lugar que estarían Honey y ella en uno de esos restaurantes sofisticados a los que iría Everly.

—No hace falta.

—Me siento muy mal. Déjame que me reconcilie contigo.

Claire se quedó alterada por el repentino giro que había dado la mujer.

—No puedo…

—Te daré mi tarjeta. Llámame cuando tengas un rato.

Claire terminó la compra con la tarjeta de Everly quemándole en el bolsillo.

La ansiedad ya le atenazaba menos por dentro cuando llegó a la fila para pagar lo que había comprado. En realidad, era casi gracioso que alguien pudiera considerarla lo bastante atractiva como para que Linc se fijara en ella. Era absurdo.

Guardó la compra en el maletero antes de sentar a Honey en la silla de seguridad del asiento trasero del Saab de diez años. El coche la había llevado desde California hasta Charleston cuando los padres de Jasper la amenazaron con una demanda para conseguir la custodia de Honey y ella había salido corriendo con su hija. Para borrar el rastro y que les costara más encontrarla, había vendido su otro coche y había comprado el Saab en efectivo. Una amiga la había ayudado y había matriculado el coche a su nombre. Debería haberse deshecho del Saab cuando llegó a Charleston, pero se había sentido segura cuando llegó a esa ciudad.

Durante el breve trayecto hasta casa de Linc, se había quitado la sensación escalofriante por ese extraño encuentro con Everly. En una ciudad como Charleston, no era extraño que casi todo el mundo sintiera que tenía alguna relación con Linc y que hiciera conjeturas sobre la repentina ruptura con London.

Era asiduo de los medios de comunicación. No solo era un jugador de béisbol famoso, guapo, rico y perteneciente a una de las familias más antiguas de Charleston, también era un filántropo que apoyaba económica y personalmente a muchas organizaciones benéficas y su carisma natural se imponía allá donde fuera. En resumen, Linc era una celebridad inmensa.

–La gente hace muchas cosas absurdas –le comentó a Honey mientras la soltaba de la silla y la sacaba del coche.

En cuanto su hija tocó el suelo, salió corriendo hacia la cocina y dejó a su madre atrás mientras recogía las bolsas.

–¡Mamá! –Claire se apartó de la nevera, donde estaba metiendo la comida, cuando oyó el grito de Honey.

–¿Qué quieres, cariño?

Honey entró descalza en la cocina con una caja del tamaño ideal para unos pendientes.

–Azul.

–Sí, pero ¿dónde la has encontrado?

Honey señaló la isla de la cocina. Claire miró y vio un sobre blanco. Le quitó el regalo a su hija y volvió a dejarlo donde lo había encontrado, lo dejó encima del sobre y su hija protestó inmediatamente.

–¡No!

–No es para que juguemos con él.

–Mamá…

Honey también había heredado la obstinación de su padre. Fue hasta la isla, se subió a la silla más cercana y volvió a tomar el regalo.

–Mío.

Su hija era muy rápida, pero ella había aprendido a serlo más. Tomó el sobre y el regalo y los dejó en el armario más alto. Honey se puso en jarras y frunció el ceño. Claire arrugó los labios, le dio la espalda a su hija y empezó a prepararle la comida. La niña no suavizó la expresión hasta que estuvo sentada a la mesa de la cocina con unos trozos de queso, pavo y manzana. Ella se concentró en los centros de mesa. Durante los dos años que estuvo asistiendo a la escuela de cocina también trabajó en una floristería para llegar a fin de mes haciendo arreglos florales.

–Unas flores muy bonitas –oyó que decía Linc desde la puerta de la calle.

Claire levantó la mirada y lo vio entrar en la cocina. El corazón le dio un vuelco al verlo con la chaqueta azul marino y el pañuelo azul cobalto que le sobresalía del bolsillo y hacía juego con sus ojos.

–Gracias, pero todavía falta mucho para que el centro esté terminado.

–Me gustan los colores que has elegido –se acercó a la isla, donde estaba trabajando ella, tomó una freesia y la olió–. Esta huele muy bien.

–Me pareció que los colores y las formas irían muy bien con la porcelana con bordes dorados. ¿Qué te parece? Y con la Waterford, claro –siguió ella–. Tu madre daría su visto bueno. ¿Qué opinas?

Apretó los labios para cortar la verborrea al darse cuenta de que Linc estaba mirándola fijamente. Maldijo a la mujer de la tienda por haberle llenado la cabeza con la idea de tener una tórrida aventura con Linc.

–Parece que lo tienes todo controlado…

Él miró el lugar donde Honey había encontrado el estuche y el sobre y luego echó una ojeada por toda la cocina. Frunció el ceño y Claire cayó en la cuenta de lo que debía de estar buscando.

–Lo he dejado en una balda –se secó las manos con un paño y fue hasta el armario donde lo había guardado–. Honey no quería soltarlo. Hemos repasado los colores y se ha dado cuenta de que el estuche era azul.

–Azul –repitió Honey desde la mesa de la cocina dando palmadas de entusiasmo–. Mamá. Abajo.

–Termina la comida, cariño.

Claire fue a entregarle a Linc el estuche y el sobre.

–¿No lo has abierto? –le preguntó él con sorpresa.

–No.

Claire sacudió la cabeza con vehemencia. Jamás se tomaría esa libertad. ¿Acaso creía que era una fisgona?

29

–Jamás haría algo así.

–Mamá. Abajo.

Un zumbido en los oídos distorsionó la voz de su hija y Linc esbozó una sonrisa indolente. Apoyó una mano en la mesa y se inclinó hacia ella.

–¿Ni siquiera has mirado el sobre?

Un mechón rubio cayó sobre la frente de él y le dio un encanto aniñado que se sumó a su ya increíble atractivo. Ella se dio cuenta de que cada vez la atraía más.

¿Qué sentiría si la tomaba entre sus brazos y la besaba con todas sus ganas? Le bulló la sangre solo de pensar que la estrujaba entre su musculoso cuerpo y los armarios de la cocina. Instintivamente, agarró con fuerza el tallo de la rosa que estaba sujetando e hizo una mueca de dolor al notar que se le clavaba una espina en el pulgar.

–No –contestó ella mientras se llevaba el pulgar a la boca–. ¿Debería…?

–¡Mamá!

Honey estaba balanceándose en la silla que colgaba de la mesa para que la soltara.

–Es para ti.

Él esbozó una sonrisa socarrona y ella no supo qué hacer. ¿Le había comprado un regalo? ¿Por qué? A juzgar por su expresión triunfal, estaba muy satisfecho consigo mismo. A pesar de que todavía le duraba el desasosiego por las escandalosas conjeturas de Everly, se encontró sonriendo también, aunque no sabía por qué.

–¿Para mí?

Estaba tan desconcertada que pareció una necia absoluta.

–Tu nombre está en el sobre, ¿no?

–¿De verdad?

El pulso se le descontroló mientras desviaba la mirada hacia el estuche y el sobre. Él señaló con un dedo el centro del sobre, donde aparecía su nombre escrito con la letra inconfundible de Linc.

–No lo entiendo.

Él estuche le pesó en la mano.

–Llevas un año trabajando aquí y te he comprado algo para celebrar el aniversario.

–No hacía falta…

Sin embargo, estaba emocionada de que lo hubiese hecho y más que aliviada porque solo se trataba de eso.

Había disfrutado durante todo ese año. Esa casa se había convertido en su refugio y haría cualquier cosa para defenderlo. No había sabido lo que era sentirse segura desde…

–Quería –la voz grave de él retumbó por dentro de ella–. ¿Por qué no miras lo que te he regalado? Estoy muy ansioso por saber si gusta.

A ella le ardió la piel por algo que captó en su tono.

–Claro que me gustará –intentó convencerse de que era ridículo sentirse tan alterada por un recuerdo de aniversario, pero no lo consiguió–. Tienes un gusto exquisito.

Claire, que notaba sus ojos azules clavados en ella, empezó por la tarjeta. Los ojos le escocieron por las lágrimas cuando abrió la tarjeta y leyó lo que había escrito.

Has sido un rayo de luz en mi vida durante el último año. Gracias por todo lo que has hecho.

Linc

–Es precioso –graznó Claire mientras parpadeaba para aclararse la vista–. Honey y yo te agradecemos de verdad lo amable y generoso que has sido, por no decir nada de la paciencia que has tenido.

Ella señaló hacia la mesa, donde su hija se balanceaba hacia delante y atrás en la silla y gritaba para que la bajara.

–Me ha encantado que estuvieseis aquí –Linc tomó a la niña en brazos–. Las dos.

Claire intentó no dejarse dominar por la calidez que le producía ver a Honey en brazos de Linc. ¿Por qué le abrumaban los sentimientos en ese momento? ¿Sería porque la mujer de la tienda había insinuado una relación inconcebible entre Linc y ella? ¿Sería porque Everly le había metido en la cabeza la idea de que vivir y trabajar en la casa de un hombre tan atractivo como su jefe la ponía en una situación vulnerable?

Claire notó el anhelo en las entrañas por primera vez desde que Jasper se embarcó en su último viaje al extranjero. Había conseguido centrarse en les necesidades de Honey y olvidarse de las suyas, sobre todo, mientras Linc estaba prometido con London. Él estaba completamente vetado mientras pertenecía a otra mujer.

Sin embargo, Linc ya estaba libre y ella se sentía más desinhibida y temeraria. Le gustaría rodearle el cuello con los brazos y besarle ardientemente esos labios sensuales. Le gustaría sentir sus poderosas manos sobre su piel recalentada.

Tragó saliva mientras el cuerpo le vibraba por unos anhelos que, seguramente, Linc podría satisfacer a la perfección. ¡Maldita fuese! Estaba enamorándose de su jefe y eso no podía ser.

Capítulo Tres

Se hizo el silencio en la cocina mientras Linc sacaba a la niña de la silla y la dejaba en el suelo. Honey se agarró un par de segundos a su pierna y salió corriendo a la terraza acristalada, donde estaban sus juguetes.

Cuando se dio la vuelta, vio que Claire estaba mirando el contenido del estuche. Le preocupó que tuviera el ceño ligeramente fruncido.

–¿No te gustan?

Claire tomó aire para recomponerse.

–Es demasiado…

–Te aseguro que no, ni mucho menos –replicó él antes de reírse.

–Son preciosos.

–Te gusta el color turquesa, ¿verdad?

Pareció como si Claire hubiese dejado de respirar un par de segundos. ¿Habría sido excesivo que no solo se hubiese acordado de su color favorito sino que, además, hubiese encontrado algo peculiar que entonaba con su estilo?

–No había visto nada parecido –murmuró ella.

–Lo compré en esa boutique que tiene la amiga de Sawyer. Los hace una artista de aquí. Cada par es único. Pensé que te gustaría eso.

–Me gusta.

Ella lo dijo con una sonrisa, pero le faltaba algo y Linc frunció el ceño.

–¿Seguro que te gustan? Tengo la factura por si quieres cambiarlos por otra cosa...

Esperó que no lo hiciera porque quería que llevara algo que había elegido él.

–Ni hablar. Son preciosos y los guardaré como un tesoro –cerró el estuche y lo dejó a un lado como si quisiera indicar que la conversación había terminado–. Gracias.

Él se preguntó si los pendientes acabarían en un cajón y no volverían a ver la luz del día, y eso no era lo que él había esperado. Quería que le encantaran los pendientes y que pensara en él cada vez que se los pusiera. Cada vez que le tocaran el cuello, él se imaginaría que le rozaba su piel delicada y fragante con los labios. Si no podía tocarla, quería que algo suyo la acariciara.

–¿No vas a ponértelos? –le preguntó él sin poder evitarlo.

–Son demasiado elegantes para todos los días.

–Entonces, te los pondrás esta noche, cuando os invite a cenar a Honey y a ti.

–¿A cenar? –preguntó espantada–. ¿Esta noche?

–Es la segunda parte de la celebración del aniversario.

–Pero tengo que hacer muchas cosas para preparar la cena –ella señaló las flores–. ¿Por qué no hago algo y cenamos aquí?

–No quiero que tengas que cocinar y recoger las cosas –él había dado por supuesto que agradecería cenar algo que no había preparado ella–. Me gustaría que descansaras un poco de todo eso. Como agradecimiento por todo lo que has hecho.

Ella abrió y cerró la boca como si quisiera seguir discutiendo, hasta que asintió con la cabeza.

–¿Puedo elegir el sitio?

–Claro –contestó él–. ¿Adónde quieres ir?

–Hay una marisquería en Wappoo Creek que me encantaría conocer.

–Si quieres marisco, el club náutico tiene un restaurante fantástico.

Ella abrió los ojos con desolación y él se preguntó qué habría pasado.

–Preferiría no ir ahí –replicó ella levantando la barbilla con firmeza–. Además, dijiste que podía elegir el sitio que quisiera –él asintió con la cabeza y ella se relajó–. Como va a ir Honey, prefiero ir a un sitio más apropiado para los niños.

–Siempre hay familias comiendo en el club náutico. No tienes que preocuparte por Honey.

Ella negó con la cabeza.

–¿Qué tal el almuerzo con tu madre?

El cambio de conversación le recordó lo que le había pedido su madre e hizo una mueca de fastidio.

–Quiere dar una fiesta y me ha preguntado si podrías ocuparte de la comida.

–Claro –en ese instante, se le nubló la vista y empezó a darle vueltas en la cabeza a lo que podría preparar–. ¿Cuándo es la fiesta?

–Dentro de dos semanas.

Otra mujer habría protestado, pero Claire se limitó a asentir con la cabeza.

–¿Qué celebra?

–Nada concreto –no iba a explicarle que su madre pensaba echarlo a los lobos–. Solo quiere invitar a algunos amigos.

–¿Te dijo cuántas personas?

–No –contestó él en un tono sombrío.

Ella lo miró con los ojos entrecerrados.

–La llamaré para comentar los pormenores.

–Si resulta excesivo, dímelo. No quiero que te sientas agobiada.

–No te preocupes –ella agitó la mano para quitarle importancia–. Steve y Jenny vendrán mañana para tu cena. Les preguntaré si están libres. Es un poco precipitado, pero si ellos no pueden, estoy segura de que conocerán a alguien –Claire miró las flores que seguían en la encimera–. Ahora, será mejor que vuelva con eso. Tengo que hacer muchas cosas antes de mañana por la noche.

–¿Quedamos a las seis?

–Claro, me parece muy bien.

Linc se dirigió hacia las escaleras. Entre febrero y octubre no tenía ni un minuto libre y debería agradecer ese tiempo muerto cuando se acababa la temporada. Sin embargo, la inactividad le exasperaba, le daba demasiado tiempo para pensar.

Últimamente, le preocupaba lo que haría cuando dejara de jugar al béisbol. Había tenido una trayectoria muy buena, pero tendría treinta y cuatro años cuanto terminara el contrato. ¿Qué pensaba hacer el resto de su vida?

No necesitaba el dinero. Solo se había gastado una mínima parte de todos sus millones en ocuparse de su madre y su hermana, en financiar las organizaciones benéficas con las que colaboraba y en comprar y reformar su casa. La mayoría del dinero estaba en inversiones que lo mantendrían hasta mucho después de que hubiese terminado el contrato.

Sin embargo, necesitaba algo que lo estimulara. Envidiaba la pasión de Knox por restaurar los edificios históricos de Charleston y por navegar, tanto por esa costa como por todo el mundo. Él lo había acompañado en alguna de sus aventuras, pero prefería una suite espaciosa en tierra que el claustrofóbico camarote de un barco.

La cara de Knox apareció en la pantalla de su teléfono como si esos pensamientos hubiesen convocado a su amigo.

–¿Qué pasa…?

–Me han cancelado la cita de esta tarde –contestó Knox con alegría–. ¿Te apetece ir a batear un poco para que te enseñe algunas cosas? Es posible que la temporada que viene mejores el promedio.

Linc gruñó en tono burlón, aunque captó la indirecta. Había tenido un bajón durante las cuatro últimas semanas de la temporada y todos los comentaristas deportivos lo habían achacado a la ruptura de su compromiso.

–Claro –contestó él–. Tengo que cambiarme. ¿Quedamos dentro de media hora?

–Muy bien. Hasta luego.

Una hora más tarde, cuando le llegó su turno con la máquina lanzadora de bolas, Linc notó que parte de la tensión se le disipaba. Todo lo que le desasosegaba se le esfumaba en cuanto jugaba al béisbol. Había sido una bendición cuando su padre fue a la cárcel primero y luego se divorció de Bettina, y los abandonó a los tres para que empezaran una vida nueva. Algunas veces se preguntaba si habría llegado tan lejos si no hubiese practicado tanto en aquellos momentos. Había dedicado cada segundo que tenía libre a entrenar. Él atribuía su éxito al trabajo y a la perseverancia.

–¿Quieres tomar una cerveza cuando hayamos terminado? –le preguntó Knox.

–No puedo.

–¿Tienes planes? –le preguntó Knox mirándolo con curiosidad.

–Voy a cenar…

Linc no siguió cuando sintió un recelo repentino a contarle a su amigo que iba a celebrar el aniversario de Claire cenando con ella. No quería oír la opinión de Knox sobre que saliera a cenar con la hermosa empleada viuda y su adorable hija.

–¿Con alguien que conozco? –insistió Knox en un tono insinuante.

–No –contestó Linc.

No le gustaba ocultarle las cosas a su amigo, pero tampoco quería tener una conversación interminable sobre Claire. Decidió que lo procedente era cambiar de conversación, y dirigió a su mejor amigo hacia lo que más le gustaba.

–¿Qué tal va el proyecto de la calle King? ¿Ya te han aprobado los planos?

Knox había comprado hacía seis meses un edificio en el centro del barrio comercial y estaba tramitando los permisos para convertirlo en diez viviendas de lujo. Había pagado cuatro millones de dólares por la construcción y, en ese momento, estaba ocupada por estudiantes universitarios. Trabajaba con el estudio de arquitectura de su amigo Austin y en el proyecto había dos azoteas privadas y espacio de ocio para unas cincuenta personas. El edificio, construido en 1947, no tenía categoría de histórico, pero su situación permitía comprar un piso en el centro de la ciudad, y eso siempre era un atractivo.

–Todavía no. El Comité de Arquitectura y Urbanismo nos ha pedido que retoquemos un par de cosas en las azoteas antes de darnos el visto bueno

–el Comité solo se reunía un par de veces al mes y los trámites siempre eran lentos–. Nos hemos metido en el orden del día de la semana que viene y es de esperar que a la tercera vaya la vencida.

Knox no parecía especialmente alterado por el retraso. Era normal cuando se construía o se promocionaba algo en la ciudad antigua o en el barrio histórico. Además, por muy exasperante que pudiera ser que el Comité analizara todos los proyectos desde una docena de ángulos distintos, él sabía que Knox apreciaba que así se conservara escrupulosamente el pasado de Charleston.

Naturalmente, también había otro motivo para mantener vivo el barrio histórico de Charleston y era menos sentimental: el turismo. La cuidad sobrevivía gracias a los cinco millones de visitantes que recibía al año y a los casi cuatro mil millones de dólares que ingresaba. El principal motivo que se daba para visitar Charleston era la historia de la ciudad y sus lugares históricos, seguido de los restaurantes y la cocina local.

–Espero que te den por fin la autorización –le deseó Linc.

–Yo también. ¿Sigues pensando en apuntarte a la cacería?

La familia de Knox tenía una plantación muy grande a un par de horas al oeste de Charleston y Knox, todos los otoños, organizaba una cacería de ciervos con algunos amigos durante un fin de semana. Linc soltó un improperio. No se había dado cuenta, hasta ese momento, de que la cacería y la fiesta de su madre eran el mismo fin de semana.

–Este año voy a tener que saltármela. Mi madre ha decidido celebrar una fiesta y quiere que vaya.

–¿No puedes decirle que ya tenías otros planes?

–Creo que no –Linc empezaba a entender cómo debían de sentirse los ciervos cuando los amigos de Knox se reunían para la cacería–. Me temo que el objetivo de la fiesta es que yo encuentre pareja.

–No me extraña –comentó Knox con una sonrisa de oreja a oreja–. No le hizo mucha gracia que salieras con London. Estoy seguro de que se encargará de que todas las mujeres que asistan sean idóneas para ti.

–Ella solo les pedirá el pedigrí –replicó Linc–. En cuanto a que sean las idóneas para mí, eso está por ver.

Claire notó que las manos le temblaban un poco mientras vestía a Honey con ropa nueva para salir a cenar con Linc. Los ojos le brillaban y estaba sonrojada porque la emoción se había adueñado de su cuerpo.

Solo era una cena desenfadada entre un jefe y su empleada para celebrar un año del empleo. Algo que no era como para echar las campanas al vuelo. Sin embargo, eso no tranquilizaba sus nervios a flor de piel y sentirse así solo podía causarle problemas. Su jefe le parecía atractivo y, en vez de sofocar lo que sentía, se deleitaba con la idea de que iban a pasar la noche juntos. Como si pudiera sofocarlo, ella siempre se había dejado llevar por los sentimientos…

–Ya está –se apartó un poco para mirar el vestido azul claro con mariposas que había comprado hacía poco–. Estás muy guapa.

Miró el reloj de pared y vio que iban con retraso. Le recogió el pelo a su hija y se lo ató con un lazo. Sintió una punzada por lo adorable que estaba la niña de dos años.

–¿Te importaría jugar un par de minutos con los juguetes mientras mamá se viste?

Honey negó con la cabeza y fue hasta los libros que había en el estante más bajo de la mesilla de noche. Claire fue al cuarto de al lado para ponerse el vestido que había elegido. Era un vestido sencillo de manga corta y del color de la glicinia. También se puso unas sandalias beis y sacó un jersey blanco del armario por si acaso lo necesitaba. No tardó ni cinco minutos en recoger a Honey otra vez y en bajar las escaleras.

Linc las esperaba en la cocina. Llevaba unos pantalones color caqui y un jersey de algodón azul marino encima de una camisa blanca. Iba perfecto para la desenfadada marisquería que estaba cerca de Wappoo Creek.

–¿Preparadas? –preguntó Linc mirándola.

Ella asintió con la cabeza. Se pusieron en marcha y se le fue pasando el nerviosismo. Linc y ella ya habían cenado juntos algunas veces. Efectivamente, habían sido cenas improvisadas en la cocina o en la piscina, pero esa tampoco era una ocasión importante, solo era una cena de trabajo.

–He estado pensando en la fiesta que quiere dar mi madre –Linc rompió el silencio mientras cruzaban el rio Ashley–. Espero que no te sientas obligada…

–Claro que no –ya había ayudado a Dolly con tres cenas de Bettina–. Me gusta ayudarla.

–Es un trabajo extra y, naturalmente, se te compensará.

Ella entendía a dónde quería llegar y le agradecía que quisiera ser justo, pero la conversación también servía para dejar claro que trabajaba para él, y era posible que fuese precisamente lo que necesitaba oír. Era un recordatorio de cuáles eran sus posiciones. Él era el jefe y ella, la empleada. Cortaba de raíz las vibraciones por la noche que se avecinaba, y para cuando llegaron al restaurante, ya se le había apaciguado el pulso.

Linc se ocupó se sacar a Honey del coche y de llevarla al restaurante. Una camarera los acompañó a una mesa con vistas al agua. Aunque lo llamaban riachuelo, el Wappoo tenía una anchura media de unos treinta metros y conectaba los canales que rodeaban Charleston. Más allá de la desgastada barandilla, había un atracadero de madera con algunas embarcaciones.

Linc se sentó y pareció sentirse como en casa en ese ambiente desenfadado.

—No sabía que tenían un atracadero. La próxima vez, vendremos en barco —se dio cuenta de que ella estaba mirándolo con una ceja arqueada—. ¿Qué pasa?

—Pareces a gusto…

—¿Por qué no iba a estarlo?

—Creía que no estabas acostumbrado a sitios tan informales como este.

—Te olvidas de que no siempre tuve dinero. Es más, fui camarero en un sitio muy parecido a este durante el verano anterior al último curso del instituto.

—Me cuesta imaginarte de camarero.

—¿Por qué?

Era difícil imaginárselo tomando pedidos y llevando comida.

–No… te pega.

–Pagaban bien –hizo una pausa y la miró con el ceño un poco fruncido–. Sé lo que es luchar y preocuparme por sacar adelante a mi familia.

–Lo sé.

Aun así, no podía imaginárselo pobre de solemnidad.

–No fui a un colegio privado. Mi madre trabajó mucho para ocuparse de Sawyer y de mí. Cuando crecí y pude ayudar, lo hice –su mirada fue haciéndose más penetrante a medida que hablaba–. Como verás, no somos tan distintos. Si no hubiese sido lo bastante bueno como para entrar en un equipo grande, nuestros caminos podrían haberse cruzado en un restaurante –añadió él con ceño fruncido pensativamente.

Un camarero apareció para tomar el pedido de las bebidas mientras ella se preguntaba qué habría hecho que él cambiase de estado de ánimo. Pidió una limonada y Linc sacudió la cabeza.

–¿No prefieres una copa de vino? ¿Te recuerdo que es una celebración?

Ella no estaba segura de que el alcohol fuese una buena idea, pero tampoco quería defraudarlo.

–¿Qué vas a beber tú?

–Una cerveza.

–Que sean dos –concedió ella antes de centrarse en la carta–. Todo tiene una pinta buenísima.

–¿Tienes pensado algo en concreto?

–Este sitio es famoso por los platos al vapor –contestó ella.

–Tomaremos el surtido Battery. Y ¿qué te parece si empezamos con una docena de ostras? –añadió él.

–Por qué no...

Cuando volvió el camarero con las bebidas, Linc hizo el pedido y ella pidió macarrones con queso para Honey. Linc se empeñó en que necesitaban unos buñuelos de acompañamiento y ella se rio solo de pensar cómo iban a comerse todo eso.

–Tienes hambre...

–Esta tarde he estado bateando con Knox y me ha dado apetito –Linc dio un sorbo de cerveza y dejó la botella–. Cree que tengo que entrenar por el bajón que di al final de la temporada.

–Debería ser más comprensivo. ¿No se da cuenta de que tuviste mucha presión por lo que estaba pasando en tu vida personal?

–A nadie le importa.

–Eso es injusto.

–No me pagan todos esos millones para que un desengaño amoroso me desconcentre.

–Supongo –ella empujó el vaso por la desgastada mesa–, pero no tuviste un desengaño amoroso –replicó ella, aunque no sabía de dónde había salido ese impulso de romper una lanza por él–. Decidiste que las cosas estaban saliendo mal. No fue culpa de nadie. El amor se acaba algunas veces.

–¿Lo dices por experiencia propia? –le preguntó él con los ojos entrecerrados.

–Claro –contestó ella pensando en su relación con Jasper.

–Entonces, ¿estabas enamorada de otro cuando conociste a tu marido?

–Eso creo –contestó ella reconociendo su error.

Le espantaba mentir a Linc sobre su matrimonio con Jasper, pero no podía cambiar la historia cuando ya llevaba un año engañándolo. Debería haberlo pensado antes de decidir que la vida sería más fácil si todo el mundo pensaba que seguía llorando a su heroico marido. Además, la verdad era que algunas veces echaba de menos a Jasper… o, al menos, al Jasper del que se había enamorado, el que había sido un amante delicado y un novio romántico.

–¿Lo crees? –preguntó Linc con curiosidad.

–Claro. Quiero decir, ¿qué sabe uno sobre estar enamorado cuando no tiene ni veinte años?

–¿Cuántos años tenías cuando conociste a tu marido?

–Acababa de cumplir veinte. Era el Día de la Madre. Entró en la floristería donde yo trabajaba después del instituto porque estaba buscando un regalo para su madre.

A ella le había parecido muy considerado que tuviera en cuenta su opinión sobre el ramo perfecto.

–¿Te deslumbró?

–No. Yo estaba saliendo con otro y Jasper era casi ocho años mayor que yo. Eso, sumado a su experiencia militar, hacía que me pareciera demasiado maduro.

Además, él acababa de pasar por un divorcio espantoso por aquella época y no le interesaba nada salir con una chica. Le interesaba más quitarse a Stephanie de la cabeza con una ristra de revolcones esporádicos.

–Entonces, ¿qué cambió?

–Mi novio de aquella época era un idiota inmaduro.

Sonrió levemente y se acordó del día que comprendió que quería salir con alguien que no se divirtiera solo yendo a fiestas y jugando con videojuegos.

–Me di cuenta de que era más atractivo un hombre que sabía lo que quería y que lo perseguía.

–¿Y Jasper… te quería a ti?

–Lo dejó muy claro desde el principio.

–Y te enamoraste.

Linc hacía que pareciera muy fácil, pero ella no podía rememorarlo sin acordarse de que Jasper estaba más irascible cada vez que volvía del extranjero. Había llegado a tener miedo de decirle que estaba embarazada, pero cuando se enteró de que iba a ser padre, volvió a ser el hombre que había conocido y le había dado la esperanza de que podría superar el estrés postraumático.

–Sí –al menos, se había enamorado al principio–. Fue muy rápido. Algunas veces creo que fue porque él iba a ir unos meses a recibir adiestramiento en Fort Benning.

–¿Os casasteis antes de que se marchara?

–No. No habíamos estado tanto tiempo juntos y yo estaba en la escuela de cocina.

Tampoco estaba nada convencida de que quisiera ser la esposa de un militar y tener que viajar a donde destinaran a su marido y preocuparse cada vez que lo movilizaran.

De repente, no quiso hablar de Jasper ni decir más medias verdades sobre su relación. Sintió un alivio inmenso cuando llegó el camarero con los aperitivos y partió un buñuelo por la mitad para que se enfriara y Honey pudiera comérselo. Pasaron unos minutos antes de que volviera a prestar atención a Linc.

–Perdóname si te he incomodado con mis preguntas sobre tu marido –le pidió él mientras echaba unas gotas de limón en unas ostras.

—No me has incomodado.

—Creo que eso no es verdad.

—Debería pasar página...

—No puedo ni imaginarme lo que es perder a alguien a quien amas así.

Linc aderezó una de las ostras con rábano y salsa rosa antes de metérsela en la boca. Sus ojos dejaron escapar un brillo de placer cuando dejó la concha vacía. Claire hizo lo mismo y suspiró con deleite al sentir el gusto punzante del rábano que se mezclaba con el sabor marino de la ostra.

—Esto es exactamente lo me imaginaba cuando me vine a vivir a Charleston. Comer marisco fresco al borde del agua.

—California también tiene agua y marisco, ¿qué te trajo aquí?

—Te lo creas o no, mi bisabuelo era de Charleston. Se marchó diez años antes de que estallara la guerra de Secesión y fue a buscar oro hasta California.

—¿Tuvo suerte?

—Algo, pero solo en 1849 casi cien mil personas llegaron a California y la posibilidades de hacerse rico no eran muy altas. Al final, decidió que se podía ganar más dinero dando servicios a los buscadores de oro y se casó con una viuda casi diez años mayor que él. Juntos llevaron el hotel que tenía ella —contestó Claire antes de hacer una mueca.

—¿Qué pasa? —le preguntó Linc.

—En mi familia se dice que pudo ser una casa de juegos o un burdel más que un hotel.

—No me digas.

—Es bastante escandaloso, ¿no crees? Sobre todo cuando, según la leyenda, James Robbins pertene-

47

cía a una familia de la alta sociedad de Charleston –Claire se rio–. Naturalmente, todo son invenciones sobre los orígenes de mi bisabuelo, pero queda muy bien para la historia.

–¿Por qué crees que no es verdad?

–James era un sinvergüenza y seguramente iba contando que pertenecía a una familia adinerada de Charleston para que lo tomaran en serio como empresario. En esa época, Charleston era una de las ciudades más ricas del país.

–¿Por qué sabes todo eso?

–Mi abuela Sylvia tiene diarios. Su primer marido y ella salieron de Massachusetts en 1848. Él murió por el camino y cuando ella llegó a California supuso que los hombres que bajaban de las montañas con oro querrían todas las comodidades que pudieran pagar.

–Sabes mucho de todo eso.

–Mi tía abuela Libby estaba muy metida en todo eso de la genealogía. Era catedrática de Estudios de la Mujer en Berkley.

–¿Alguna vez investigó a James Robbins de Charleston?

–No lo sé. Libby murió hace cinco años.

–Deberías hablar de eso con Sawyer. A su amiga Ruby le gusta indagar en los archivos. Quizá pudiera encontrar algo sobre James.

Sawyer pertenecía a la Sociedad de Conservación y podría ser una buena fuente…

–No quiero molestarla.

–¿Lo dices en serio? A esta ciudad le encanta su historia. Estoy seguro de que a Ruby la gustaría oír tu historia.

Aunque sabía que Sawyer no era una cotilla,

tampoco quería que alguien empezara a rebuscar en sus orígenes y acabara averiguando que no era viuda. Lo mejor sería dejar las cosas como estaban, pero también sabía que Linc no lo entendería. De repente, deseó no haber dicho nada sobre su familia.

—De acuerdo, llamaré a Sawyer.

Esperó que eso lo aplacara porque no quería, por nada del mundo, que los padres de Jasper la encontraran en Charleston.

Capítulo Cuatro

La cena no estaba transcurriendo como había esperado Linc. Claire se había quedado callada y pensativa después de haber hablado de su marido. Él había querido que fuese una cena divertida, pero él, en cambio, había desenterrado su pasado y le había recordado todo lo que había perdido.

Tenía que haber sido aterrador haber perdido al hombre con el que había pensado pasar el resto de su vida. ¿Qué habría sentido al quedarse viuda con una recién nacida? Claire no hablaba mucho de su familia, salvo para decir que no se trataba con su madre, quien la abandonó cuando ella tenía siete años, y que su padre estaba muy ocupado con los tres hijos que había tenido en su segundo matrimonio.

—Sabes, estaba pensando que no has tenido unas vacaciones desde que empezaste a trabajar conmigo —comentó Linc—. Si quieres ir a visitar a tu familia en Navidad o Acción de Gracias, estoy seguro de que podremos organizarnos.

Claire abrió los ojos y empezó a sacudir la cabeza inmediatamente.

—Eres muy amable, pero me acuerdo de todo lo que recibiste el año pasado y tendrás que celebrar tú todas las fiestas ahora que no estás con London.

—No será necesario. A mi madre le encanta presumir de su casa en Mills–Forrest.

–No me sentiría bien –insistió ella con una sonrisa cortés y firme a la vez.

Él comprendió que no conseguiría nada discutiendo con ella.

–De acuerdo, entonces no será en vacaciones, pero podrías tomarte unos días en enero para ir a visitarlos.

–Lo pensaré.

–Además, Charleston está muy bien para venir a visitarlo. Podrías invitarlos a que vinieran a verte.

Ella ya estaba sacudiendo la cabeza antes de que él hubiera terminado de hablar.

–Los niños están en el colegio y tienen muchas actividades en invierno, le resulta muy difícil tomarse tiempo libre. Además, los billetes de avión para todos les salen muy caros.

–¿Y tu familia política? ¿Desde cuándo no ven a su nieta?

–Jasper se llevaba mal con sus padres –contestó Claire precipitadamente–. No quería que se acercaran a su hija. Honey y yo estamos solas y ella es toda la familia que necesito.

Él estaba muy unido a su madre y a Sawyer, pero su padre había estado ausente durante casi toda su infancia y podía entender que Claire no quisiera hacer nada. ¿Su familia no la había respaldado después de la muerte de su marido? ¿Había ido a Charleston a buscar sus orígenes precisamente por esa falta de apoyo?

La relación de su bisabuelo con Charleston era interesante. Él no tenía la misma pasión que Sawyer o Knox por la historia de la ciudad ni la obsesión de su madre por mejorar la posición de la familia Thurston dentro de la sociedad, pero sí sabía que el apellido Robbins no le resultaba conocido. Probablemente, la historia solo era una leyenda familiar. Aun así, no pasaría nada por contárselo a Sawyer… podría desenterrar algo.

Le encantaría quedarse a tomar postre y café, pero ya se había pasado la hora de acostarse para Honey y estaba empezando a alterarse. Pagó la cuenta y se llevó a la somnolienta niña al coche. La sujetó a su sillita y pensó lo distinta que había sido esa cena de las que solía tener con London cuando salían. Para empezar, rara vez salían solos. Alguna vez empezaban con una cena romántica, pero siempre era el preludio del plan principal, una reunión de amigos en algún bar de moda o en el Club Náutico. La mayoría de las veces, cuando salían, era para asistir a una fiesta o a un acto benéfico. Llegó a parecerle que solo estaban solos cuando estaban en la cama.

Si bien esa cena sencilla le había dado la oportunidad de conocer mejor a Claire, todavía tenía la sensación de que había algo que ella no le contaba. Durante ese año, se había formado la idea de que era dulce y formal y de que le perseguía la muerte de su marido. La conversación de esa noche había dado matices nuevos a su personalidad y le había despertado más preguntas de las que había contestado. No era tan poco complicada como él había pensado.

—Ha estado muy bien —comentó ella mientras salían del aparcamiento. Parecía relajada y un poco soñadora—. Gracias por la cena.

—Me alegro de que lo hayas pasado bien —él lo había pasado muy bien y quería repetirlo—. Deberíamos convertirlo en una costumbre.

Sus ojos se encontraron y él sintió unas ganas casi irresistibles de introducir una mano entre su tupido pelo castaño y acercarla. También sintió una oleada ardiente por dentro al imaginarse que besaba con pasión esos labios carnosos.

–Estoy segura de que prefieres pasar el tiempo con tus amigos –replicó ella antes de bostezar.

Él se rio con despreocupación a pesar de que estaba fijándose en la curva de sus pechos debajo del vaporoso vestido de algodón. Agarró el volante con fuerza y se dijo que tenía que relajarse. Salió en cuanto tuvo un hueco éntre el tráfico. Una vez metido en la corriente de coches, la miró y vio que tenía los ojos cerrados.

–En cuanto a eso de pasar el tiempo con los amigos –siguió él–, ya empiezo a estar cansado. Les gusta salir, ir a los bares y ligar con mujeres. Es cansino. Después de haber estado con London me he dado cuenta de una cosa: quiero sentar la cabeza y formar una familia.

En realidad, el creciente deseo ser de ser padre había sido uno de los motivos para haber roto con London. Ella había dejado muy claro que su empresa de organización de eventos estaba despegando y que no quería cortar ese impulso para formar una familia.

–Creo que tu madre se alegrará mucho por eso.

Claire tenía razón, pero él prefirió no decirle que antes tenía que encontrar a la mujer indicada, y si su relación con London le había enseñado algo, era que no se podía contentar a todo el mundo. Su madre había sido desdichada porque él salía con London y sus indirectas, nada sutiles, sobre lo inadecuada que era su novia lo habían indignado. La incógnita que todavía tenía que dilucidar era si podría ser feliz si se casaba con alguien sin el visto bueno de su madre.

Por eso le corroía la atracción que sentía hacia Claire. Si la conquistaba y el deseo se convertía en amor, sería impensable que su madre aceptara a una forastera que, además, no tenía ni un duro. Claire no tenía la sofisticación. La sociedad de Charleston se la comería viva.

—Pero mi madre no se da cuenta de que no me interesan las mujeres que ella puede elegir para mí —replicó Linc.

—No la subestimes.

—En Charleston hay una cantidad limitada de familias de rancio abolengo y conozco a casi todas sus hijas solteras.

—No te olvides de que has pasado varios años fuera del circuito. ¿No es posible que haya llegado alguna nueva o alguna que antes no estaba libre?

—Supongo que sí, pero es mucho suponer, ¿no crees?

—Con esa actitud, seguramente tengas razón.

—¿Capto cierto tono de censura?

—Claro que no. No daría por supuesto...

Claire se calló y lo miró con un gesto de preocupación.

—Tranquila, no voy a ofenderme. Me gusta pensar que nos hemos hecho amigos y, por lo tanto, espero que no te importe decirme la verdad.

—Algunas veces, no sé cómo comportarme cuando estoy contigo —murmuró ella—. Nos reímos y nos llevamos muy bien, pero, en definitiva, soy tu empleada. Me pagas un sueldo y no quiero pasarme de la raya.

–Nunca te despediría por decirme algo que tengo que oír. No soy así.

–Entonces, seré más clara –ella esbozó una sonrisa, pero siguió mirándolo con cautela–. Por curiosidad, ¿qué tendría que hacer para que me despidieras?

–Que me robaras.

–Nunca lo haría.

–Que fueses desleal –él notó la perplejidad de ella y lo aclaró–. Por ejemplo, que decidieras escribir un libro… contándolo todo.

–Aunque eres una celebridad inmensa, no tienes trapos sucios… y lo sé bien porque te limpio la casa. Por cierto, ya que estamos hablando de la imagen pública, debería contarte algo que me pasó esta mañana. Conocí a una mujer cuando estaba haciendo la compra y creía que yo era el motivo por el que habías roto con London.

Fue como si hubiese recibido un pelotazo de béisbol en la frente. Primero se sintió aturdido y las palabras le rebotaron dentro de la cabeza, pero luego empezó a pensar en lo que eso implicaba.

–¿Sabes cómo se llamaba?

–Everly… –Claire sacudió la cabeza–. No me acuerdo del apellido, pero me dio su tarjeta –rebuscó en el bolso y sacó una tarjeta blanca–. Everly Briggs.

Él intentó recordar si había oído hablar de ella.

–¿Por qué diría algo así?

–No lo sé –Claire se puso roja como un tomate–. Me paró en la tienda y empezamos a hablar de Honey, hasta que se fijó en lo que llevaba en el carrito y, sin querer, le conté que trabajaba para ti. Entonces, creyó que teníamos una aventura.

Lo soltó aceleradamente, sin pararse a respirar. Cuando se paró, él vislumbró el espanto en sus ojos, pero también captó remordimiento. De repente, se sintió un poco aturdido. Como estaba entregada a Honey, siempre la había considerado, sobre todo, una madre abnegada. Además, seguía enamorada de su difunto marido. Entonces, ¿por qué sentía remordimiento? ¿Acaso lo deseaba en secreto? La idea le entusiasmó y abrió todo un abanico de posibilidades.

–¿Qué dijiste? –preguntó él con curiosidad por saber cómo había llevado la conversación.

–Le dije que era absurdo –contestó ella parpadeando–, que tú no eres así y que no había nada entre nosotros.

–¿Alguna vez te has planteado que podrías estar equivocada sobre cómo soy?

–Claro que no –contestó ella como si estuviese atónita–. Jamás habrías engañado a London.

–Eso es verdad, pero mi reputación no ha sido siempre ejemplar. Knox, Austin y yo quemábamos la ciudad. Bebíamos y nos acostábamos con todas las mujeres que podíamos.

–Pero eso fue antes de London. Ya no eres así.

Esa defensa férrea de Claire hizo que sintiera una opresión en el pecho. No creía que fuera a defenderlo igual si supiera cómo había aparecido en sus sueños durante las semanas previas a que rompiera su compromiso. Su marido había sido un héroe, había muerto sirviendo a su país. Ese hombre se merecía el amor de Claire. La pureza de su corazón hacía que él también quisiera merecérsela.

–¿Te creyó? –le preguntó Linc.

–Al principio, no, pero luego la puse en su sitio.

A él le habría encantado presenciarlo.

–¿Cómo lo hiciste?

–Le expliqué que te limpio los retretes y que eso no tiene nada de romántico.

El tono seco de Claire no concordaba del todo con lo roja que se había puesto.

–Entonces, ¿no le contaste el incidente de cuando te bañaste desnuda?

–Muy gracioso. ¿Y si es lo que piensa todo el mundo?

–¿Qué importa?

Linc sonrió con indolencia. Si el rumor se había extendido, ya eran culpables de tener una aventura. En cierto sentido, él quería seguir adelante y demostrar que todo el mundo tenía razón.

–Estoy seguro de que todo el mundo me felicitaría por el gusto tan bueno que tengo con las mujeres –añadió él.

Claire resopló.

–Debería preocuparte que pareciera que te aprovechas de una empleada tuya.

–Cualquiera que me conozca sabe que jamás haría algo así. Si ocurre algo entre nosotros, será porque tú no has podido contenerte.

Esas palabras disparatadas hicieron que ella soltara un grito de indignación.

–Me parece que no tiene ninguna gracia –insistió ella con un fastidio que hacía que estuviera más guapa que nunca.

Él se puso más serio al darse cuenta de que sus provocaciones la habían alterado.

–¿Te preocupa tu reputación?

–Soy tu empleada. ¿Por qué iba a importarme lo que piensen de mí?

–Sin embargo, te importa. No te preocupes, quienes te conocen no se creerán que tenemos una aventura, ni ilícita ni de ningún tipo.

–¿Por qué? –preguntó ella en un tono neutro.

–Porque quienes te conocen saben que…

Él no supo si seguir. Sabía que estaba sobrepasando una línea a la que no se habían acercado siquiera hasta ese momento.

–¿Qué saben?

–Que tu marido es muy importante para ti.

Se le pasó por la cabeza mientras la miraba, y veía todos los sentimientos que se reflejaban en su rostro, que quería que ella negara que seguía aferrada al recuerdo de su difunto marido. ¿Por qué sería? Intentar seducirla era una mala idea, por mucho que le gustara.

–Hay mucha gente que no me conoce y que está dispuesta a creerse lo peor –replicó Claire.

–¿Por qué te preocupa lo que crea la gente? No son nadie para ti.

–No me preocupa, pero sí debería preocuparte a ti. Son tus amigos y vecinos. Lo que importa es la gente de esta ciudad.

–¿Crees que tú no importas? Yo creo que sí, Honey y tú, las dos.

–Claro que Honey me importa, y tú también me importas. Como mi jefe, quiero decir –se apresuró a aclarar ella–. Además, tu reputación me importa, y también debería importarte a ti. Piensa en lo que diría tu madre si le llega ese rumor. Todo podría acabar en un escándalo monumental.

–Tú también me importas a mí –dijo él sin hacer caso de la última parte de lo que había dicho ella.

Claire dio un respingo y él se preguntó si habría dejado entrever sus sentimientos más intensos.

–Honey y tú. Además, me importa un comino ese rumor y lo que piense mi madre al respecto.

Su teléfono empezó a sonar y el nombre de su hermana apareció en la pantalla que tenía en el salpicadero del coche. Le encantaría no contestar y seguir con esa conversación fascinante con Claire, pero ella se preguntaría por qué no había contestado la llamada de Sawyer.

–Hola –saludó él a su hermana–. Claire y yo estamos volviendo después de haber cenado en un restaurante cerca de Wappoo Creek.

–¿Claire y tú habéis cenado juntos? –preguntó su hermana después de un breve silencio.

–Es nuestro aniversario –le explicó él con la esperanza de no tener que justificar que hubiese ido a comer algo con Claire y Honey–. Claire lleva un año trabajando conmigo.

–Claro. Es sorprendente lo deprisa que pasa el tiempo.

–Eso es verdad. ¿Qué quieres?

–Estamos haciendo la lista de casas históricas para nuestra gira de vacaciones y quiero cerciorarme de que sigues queriendo participar.

Su hermana era una integrante muy activa de la Sociedad para la Conservación de Charleston y trabajaba incansablemente para promocionar la conservación de las casas y los edificios públicos históricos. En otoño ofrecían distintas visitas a casas y jardines históricos. Ese año querían hacer algo distinto, un recorrido a mediados de diciembre por casas decoradas para Navidad.

–¿Tienes pensada alguna fecha?

–Seguramente sea el segundo sábado de diciembre de dos a cinco. Por el momento, tenemos seis casas en South of Broad que van participar.

–Me parece bien –Linc miró a Claire–. A no ser que se te ocurra algún inconveniente que yo no haya previsto…

Claire tenía razón cuando había dicho que a él le gustaba recibir en esas fechas. Tenía intención de celebrar varias reuniones en diciembre.

–Le fecha está bien –confirmó Claire.

–¡Fantástico! –exclamó Sawyer–. Tu casa estaba preciosa el año pasado. Estoy deseando que la gente vaya a verla.

Cuando compró la casa, el edificio de 1830, de estilo neopalladiano, estaba en un estado desastroso y hubo que restaurarlo. Knox había liderado el proyecto y había coordinado a los contratistas, mientras que Bettina había supervisado el interiorismo y había dado el visto bueno a los acabados. Las obras duraron más de dieciocho meses, pero la casa recibió el premio Carolopolis de la Sociedad para la Conservación de Charleston.

–Puedes darle las gracias a Claire por la transformación –comentó Linc–. Fue idea suya.

–Estoy segura de que este año lo hará igual de bien. Tengo que ir a correr –añadió Sawyer–. Hasta mañana por la noche.

–Estoy impaciente.

Linc cortó la llamada y miró a Claire.

–No te sientas presionada –le tranquilizó él–. Haz lo mismo que hiciste el año pasado.

–Todo el mundo esperará quedarse boquiabierto otra vez –replicó ella–. Se me tiene que ocurrir algo más espectacular todavía.

–Sé que será perfecto, sea lo que sea.

–¿Por qué tienes tanta fe en mí? –le preguntó ella.

–Nunca me has dado ningún motivo para que dude de ti –contestó Linc encogiéndose de hombros.

Había algo que le encantaba al ponerse las prendas blancas de chef para preparar la cena de Linc. Le sorprendió un poco que echase tanto de menos el ritmo frenético de la cocina de un restaurante. Aunque solo había pasado unos pocos años trabajando con grandes chefs de la zona de San Francisco, había adquirido una experiencia inconmensurable y en momentos como ese se preguntaba si no habría sido una tonta al dejarlo.

–Caray, qué bien huele…

El tono de admiración de Linc la sacó del ensimismamiento.

Linc, con unos pantalones color caqui, una camisa azul claro, una chaqueta de lino blanco y un pañuelo en el bolsillo era la imagen perfecta de un elegante caballero del sur. En el tiempo que había pasado en Charleston, se había dado cuenta de que los hombres de esa ciudad exudaban un encanto y unos modales que hacían que las mujeres pensaran que no eran nada peligrosos, cuando, en realidad, eran unos rompecorazones de tomo y lomo.

Dudó que Linc supiera lo devastador que podía ser para la fuerza de voluntad de una mujer con solo entrar en una habitación. Su pelo rubio y ondulado seguía mojado y esas ropas tan elegantes no podían disimular la virilidad innegable de su cuerpo atlético. Tragó saliva por el atractivo sexual que irradiaba.

–Tú también hueles muy bien –murmuró ella al captar su olor cuando se puso a su lado.

–Gracias. Es la nueva colonia de Armani. Quieren que sea su imagen y mi representante cree que debería serlo.

–Estarías muy bien.

Le resultaba muy fácil imaginarse sus penetrantes ojos azules en anuncios de prensa y televisión.

–No lo sé. Nunca me he ido a la moda…

–Bueno… –lo miró de arriba abajo y se fijó en sus mocasines de ante azul– esta noche vas muy a la moda…

Él también se miró.

–Ya sabes que mi estilista me compra la ropa. Si dependiera de mí, solo llevaría vaqueros y camisetas.

Y estaría impresionante. Ese hombre podía cubrirse de barro y estaría impresionante. Algunas veces, sentía anhelo solo por estar en la misma habitación que toda su deslumbrante perfección.

–¿Pasa algo?

Claire negó con la cabeza y desvió la mirada.

–No.

Ella notó que se sonrojaba y esperó que él lo atribuyera al calor de los fuegos.

–Pues estabas mirándome de una manera…

–¿Has comprobado que todo está bien en el comedor? –preguntó ella para intentar desviar su curiosidad.

–Todo está bien –él bajó el tono grave de su voz y a ella se le encogieron las entrañas–. Tienes un aspecto muy profesional con tu ropa de chef.

–Gracias. Espero que te parezca bien que la lleve.

–Claro. Al fin y al cabo, eres una chef profesional.

El corazón se le desbocó por su cercanía y por su forma de mirarle el punto del pecho donde tenía bordado su nombre. El instinto se debatía con el deseo. No sabía si retroceder o acercarse más y su mirada se detuvo en la tentadora media sonrisa que le elevaba un costado de la boca.

Era guapo y poderoso y estaba vetado. Cualquiera de esas tres características hacían que fuera irresistible, pero las tres juntas le daban una ventaja que era muy injusta.

—Llevas los pendientes nuevos.

Linc le tocó uno, que se balanceó. Se estremeció cuando le rozó el cuello. Su gesto no había tenido nada de íntimo, pero, aun así, el corazón se le aceleró por el júbilo y el anhelo.

—Me gustan mucho —reconoció ella haciendo un esfuerzo para no frotarse la carne de gallina de los brazos.

—Me alegro —él se inclinó para verlos más de cerca—. Ayer no estaba seguro de que hubiese elegido los acertados.

—Lo siento si no parecí entusiasmada. Estaba abrumada por tu generosidad y porque te hubieras acordado de mi aniversario —por no decir nada de las ganas que tuvo de arrojarse en sus brazos—. No puedo creerme lo deprisa que ha pasado el tiempo.

—Claire…

No podía mirarlo, no podía… También podía intentar evitar que el sol saliera… Sus ojos azules eran hipnóticos. Si bien había sofocado la libido, para centrarse en ser madre, su cuerpo sentía los indicios de un interés sexual, aunque su cerebro se empeñara en negarlo.

Esa cercanía había conseguido que Linc y ella se

hiciesen amigos. Al fin y al cabo, era la mujer que se ocupaba de su casa y lo cuidaba. Se encargaba de que comiera bien y lo escuchaba siempre que él quería. Además, como se sentía vulnerable después de haber roto el compromiso, podía sentirse seguro con ella porque solo era su empleada… y eso era todo lo que debería haber entre ellos.

Por otro lado, recelaba de las relaciones sentimentales después de lo que había cambiado Jasper a lo largo de la relación que habían tenido… y Linc no volvería a cometer el error de enamorarse de alguien sin el visto bueno de su madre.

–Seguramente, no debería decir esto…

Él le recorrió los labios con la mirada y se despertaron sus hormonas durmientes. Apoyó la mano en el granito frío de la encimera para sujetarse. Enamorarse de Linc sería el récord mundial de las estupideces, pero ¿qué tendría de malo meterse en la cama con él? Podría beneficiarles a los dos a corto plazo. Además, ya corría el rumor. Si ya la acusaban, ¿por qué no iba a ser culpable de verdad?

–¿Decir qué…? –preguntó ella cuando perdió la batalla con la tentación.

Llamaron a la puerta de la cocina y el arrepentimiento se adueñó de ella mientras se apartaba precipitadamente de Linc.

–Son los camareros de esta noche –comentó ella sin tomar aire–. Tus invitados llegarán enseguida. Deberías… –no pudo acabar la frase porque los pensamientos le daban vueltas y no podía formar un concepto claro– estar preparado para recibirlos –terminó por fin.

Linc sonrió de oreja a oreja como si reconociera la capacidad que tenía para alterarla.

–Iré a recibirlos.

A Claire le flaquearon las rodillas mientras se dirigía hacia la puerta de la cocina. Había conocido a las dos personas que iban a trabajar con ella nada más llegar a Charleston. Jenny Moore y ella se habían hecho amigas y quedaban muchas veces para ir a almorzar. Steve Henning era el novio de Jenny y ella había aceptado alguna vez que le asignaran a algún amigo de Steve para salir los cuatro. Aunque se lo había pasado bien con ellos, ninguno le había gustado lo bastante como para seguir viéndolo.

–Gracias por ayudarme esta noche –dijo Claire mientras los invitaba a pasar a la cocina.

–Nos encanta estar aquí –Jenny era una morena chispeante que solía hablar en nombre de los dos–. No me puedo creer que vayamos a servir la cena de Linc Thurston. ¿Es tan impresionante como en televisión?

–Tendrás que comprobarlo por ti misma.

Claire miró a Steve para ver su reacción, pero solo vio un gesto divertido mientras miraba a Jenny con cariño. Era una pareja encantadora.

–El sobrino de Steve nos ha dado el primer cromo que salió de Linc –Jenny sacó del bolso un cromo dentro de una funda de plástico–. ¿Crees que se lo firmará?

–Estoy segura –Claire vio un resplandor en la mano izquierda de Jenny y se quedó boquiabierta–. ¿Estáis prometidos? ¿Desde cuándo?

–Desde anoche –contestó Jenny mirando sonrojada a Steve.

–Es increíble –Claire abrazó a su amiga antes de mirar a Steve–. Me alegro por los dos.

–Nosotros también estamos muy emocionados.

–¿Habéis fijado la fecha?

–Estamos pensando en el próximo abril. Los dos tenemos familias enormes y será una boda grande que habrá que planear con mucha antelación.

A Claire le habría encantado quedarse oyendo cómo describía Jenny su boda de ensueño, pero los tres sabían que tenían trabajo. Tendrían mucho tiempo después de que hubiesen servido la cena y los invitados se hubiesen marchado.

Mientras les enseñaba el menú y los vinos que había elegido, Claire notó que sus sentimientos se teñían con cierta nostalgia. Aunque Jasper y ella habían salido juntos durante varios años, no había tenido el tipo de relación que tenían Jenny y Steve. ¿Alguna vez sentiría eso con alguien? ¿Debería conformarse con menos? La idea no le gustaba. Todavía le gustaría ser madre y tener más hijos. Además, por mucho que se hubiese acostumbrado a criar sola a Honey, no quería tener un desliz y quedarse embarazada otra vez sin un compromiso firme con el padre de la criatura.

Se oyó la campanilla de la puerta principal. Los invitados estaban empezando a llegar. Tenía que concentrarse en la comida y olvidarse de todo lo que no fuese la cena. Resultó fácil en cuanto oyó las risas y las animadas conversaciones que llegaban desde el comedor. Estaba dispuesta a que su primera cena para Linc fuese memorable. Le había dedicado muchas horas al menú y había decidido qué combinación de sabores podría impresionar a personas con gustos tan refinados.

–Están diciendo maravillas del cordero –comentó Jenny mientras entraba en la cocina con unos platos vacíos–. Me atrevería a asegurar que Linc te agradecerá que hayas conseguido que la cena sea memorable.

Claire sonrió con satisfacción mientras daba los últimos toques al plato final.

–Estoy muy contenta. No sabía si la comida estaría a la altura y eso me ponía nerviosa.

–¿Lo dices en serio? –Jenny miró por encima del hombro del Claire mientras remataba la tarta de chocolate con salsa de granada–. Tu comida no tiene nada que envidiar a la que esos tipos pueden encontrar en la calle King.

–Gracias…

Jenny salió con los primeros platos de postre justo cuando Steve entraba con otra botella de vino vacía y un mensaje de Linc.

–Te pide que vayas a conocer a todo el mundo.

Ella vaciló, pero Steve le dio uno de los platos de postre y le señaló el comedor con la cabeza.

–Venga, ve a recibir los aplausos.

Claire cedió ante la sonrisa de ánimo de Steve y por las ganas que tenía de ver en directo la reacción de Linc. Llevó el último de los platos de postre y lo dejó delante de él antes de retroceder para observar al grupo.

Los invitados iban vestidos para una cena formal. Los hombres llevaban traje y corbata y las mujeres vestían exclusivos trajes largos con abundantes joyas que resplandecían a la luz de la lámpara del techo. Claire no pudo evitar preguntarse cuál de ellas iría del brazo de Linc al próximo acto benéfico o al Club Náutico para animar a Knox durante la regata que se avecinaba.

–Os presento a Claire Robbins –la presentó

Linc con una sonrisa y mirándola a los ojos, lo que hizo que se estremeciera–. Podéis darle las gracias por la deliciosa cena.

Claire había acompañado cada plato con un vino distinto y casi todos los invitados tenían ese aspecto relajado de quienes estaban ligeramente embriagados. Aun así, ella esperaba que la comida, y no solo el vino, hubiese contribuido al ambiente cordial.

La pelirroja que estaba sentada a la derecha de Linc se fijó en su vestimenta.

–Vaya, eres una chef de verdad. ¿Dónde aprendiste a cocinar así?

–Fui a la escuela de cocina de San Francisco –contestó ella.

–¿Y ahora eres la empleada de Linc? –intervino un hombre rubio que la miró como si fuese una obra de arte mientras daba un sorbo de vino–. Me parece que estás desperdiciando tu talento...

–Claire es madre soltera –explicó Linc antes de que ella pudiera hablar–. Trabajar aquí es mucho menos estresante que estar esclavizada en la cocina de un restaurante.

–¿Es eso verdad, Claire? –le preguntó un hombre moreno y con gafas–. ¿Trabajar con Linc es tan fácil como dice él?

–Está fuera más de medio año –Claire sonrió para disimular la incomodidad–. Además, agradezco poder pasar tanto tiempo con mi hija.

–Honey es encantadora –comentó Sawyer–. Cumplió dos años hace unas semanas.

–Estoy seguro de que será tan guapa como su madre –afirmó el hombre rubio.

–Es realidad, se parece más a su padre –replicó

Claire con una sonrisa–. Bueno, les dejaré con los postres. Me alegro de que les haya gustado la comida.

Claire volvió a la cocina, vio el montón de platos sucios en la encimera y suspiró. Le gustaba que su sitio de trabajo estuviese ordenado y limpio y no lo estaba, ni mucho menos. Jenny estaba aclarando platos en el fregadero para meterlos en el lavavajillas. Afortunadamente, toda la porcelana podía lavarse en el lavaplatos y solo tendría que lavar a mano la cristalería antigua.

–Gracias por haber empezado –le dijo a Jenny.

–¿Estás de broma? Nos prometiste las sobras. Además, quiero que sepas que puedes contar con nosotros cuando quieras. Linc Thurston es muy simpático y la mayoría de sus amigos no están mal. Tienes mucha suerte de trabajar para él.

–Es verdad.

Claire se tocó con los dedos los pendientes que le había regalado Linc y se acordó de cómo le habían brillado los ojos esa misma tarde cuando se dio cuenta de que se los había puesto. La sangre la bullía en las venas solo de pensarlo. Había parecido casi… posesivo. Eso la emocionaba aunque sabía el peligro que conllevaba ese sentimiento. Por otro lado, y si tenía en cuenta lo bien que había salido la cena, quizá él estuviese un poco preocupado de que alguno de sus amigos intentara birlársela. La idea le agradaba. Jamás se plantearía abandonar a Linc, pero pensar que alguien podría estar interesado por su talento era un estímulo para su vanidad.

Mientras Steve estaba atento al comedor, Jenny y Claire envasaron la comida que había sobrado y charlaron sobre la boda de ensueño. Podía imaginarse la boda en los terrenos de una mansión de antes de la guerra. La ceremonia se celebraría debajo de unos robles cubiertos de musgo y luego se daría una elegante recepción en una carpa de tul drapeado.

—Será preciosa —comentó Claire con un suspiro—. ¿Has pensado ya en los colores?

—Estoy pensando en un azul un poco grisáceo con toques rosa.

—Me parece precioso.

—¿Cuáles fueron los colores de tu boda?

Ella, durante el largo viaje desde California, había preparado todas las preguntas posibles sobre su boda y la mentira le salió con naturalidad.

—Nos fugamos a Las Vegas y llevé un ramo de rosas blancas y rosas.

Jenny pareció decepcionada.

—Yo no podría fugarme. Mi familia quedaría desolada. Soy la única chica y mi madre lleva soñando con mi boda desde que tengo uso de razón.

—A mí no me pasaba lo mismo. Mi madre se largó cuando yo tenía siete años.

Y no hizo gran cosa por mantener el contacto. Por eso ella le dedicaba todas sus energías a Honey. No quería que su hija conociera el abandono.

—Lo siento, pero no lo sabía. No hablas mucho de tu familia.

—No hay mucho que decir. No hablo con mi madre y mi padre está muy ocupado con su nueva esposa y sus hijos —Claire esbozó una sonrisa forzada al darse cuenta de que lo había dicho con cierta tristeza—. Tengo a Honey y ella es toda la familia que necesito.

—¿Y no vas a casarte otra vez?

–A lo mejor. Sé que a Honey le vendría bien tener un padre, pero no sé si estoy preparada…

Dejó la frese en el aire y esperó que Jenny no volviera a proponerle que saliera otra noche con algún amigo de Steve.

–Empiezo a hacerme una idea.

–¿Qué quieres decir? –preguntó Claire mirando a su amiga con los ojos entrecerrados.

–Sientes algo por tu jefe. No te lo reprocho, es impresionante, pero no permitas que eso te impida encontrar el amor.

–¿Linc…? –a Claire se le quebró un poco la voz cuando dijo su nombre–. Qué bobada. Efectivamente, es encantador, pero no está a mi alcance.

–No está al alcance de casi nadie, salvo que seas una supermodelo, una estrella de algún deporte o una celebridad.

Jenny tenía razón y ella se dio cuenta de que se había precipitado al imaginarse que Linc se sentía atraído por ella. Había sido una ilusión ridícula.

–Linc no tiene nada que ver con que no quiera salir con nadie –le explicó Claire–. Es que no estoy preparada.

–Pero estás un poco colada…

–Claro –¿por qué iba a negarlo?–. Tendría que estar muerta para no estarlo, pero tengo la cabeza en su sitio en todo lo que se refiere a él.

Capítulo Cinco

Los invitados se marcharon alrededor de las diez. Casi todos fueron a The Lucky Mojo, un bar en una azotea donde tocaban jazz cubano y se bailaba salsa. Era el sitio favorito de su grupo de amigos y solían acabar allí las noches.

Knox, para sorpresa de Linc, prefirió quedarse con él al borde de la piscina para fumarse un puro y beberse una copa de whisky de malta. La noche de noviembre olía a rosas, hortensias y yerba recién cortada. La brisa se colaba entre el mirto y las hojas de palma que daban sombra al jardín privado durante el día.

–Una cena muy agradable –comentó Knox señalando con la cabeza hacia las luces que todavía iluminaban la cocina.

–Menos por Austin y Roy –replicó Linc–. ¿Sabes por qué se han comportado como unos auténticos majaderos?

–A Roy le gusta Della Jefferson –Knox disfrutaba cotilleando de sus amigos y sabía todo lo que pasaba–, pero Austin llegó antes.

Austin tenía el dinero, el físico y la posición social necesarios para conquistar a cualquier mujer de Charleston, y los utilizaba siempre que podía. Roy era un ingeniero de Savannah que había entrado a trabajar en Boeing en cuanto salió de la universidad. La gustaba salir y conoció a Knox,

Austin y Linc después de que intentara ligar con Sawyer en el Burns Alley de la calle King, y fracasara estrepitosamente.

–¿Se acostó con ella? –Linc puso los ojos en blanco–. ¿Acaso no sabía que Roy la llevó a cenar la semana pasada?

–Ya sabes cómo es Austin. Todas las noches está con una chica distinta –Knox sonrió con sarcasmo–. Seguramente, ni siquiera se acordaba del nombre de Della a la mañana siguiente.

Linc lo pensó y se preguntó cuándo dejaría Austin de portarse como un veinteañero. Tenía treinta años y ya era hora de que se sosegara.

–¿Crees que Roy va en serio o solo está molesto porque Austin se ha metido por medio otra vez? –preguntó Linc.

Knox se encogió de hombros.

–Entre Roy y Austin se han acostado con la mayoría de las jóvenes… casaderas de Charleston y nunca había visto que se pusieran posesivos antes.

–Entonces, es posible que a Roy le guste de verdad –Linc pensó en los cambios del grupo a medida que sus amigos iban sentando la cabeza–. Hablando de personas que salen o se acuestan con otras, ¿sabes con quién está saliendo Sawyer?

–No –contestó Knox al instante–. Que yo sepa, no está saliendo con nadie.

–Me sorprende –Linc dio una calada al puro y miró a su amigo. ¿No había respondido con una despreocupación muy estudiada?–. Normalmente, sabes todo lo que pasa en nuestro círculo de amigos…

–Ella no me ha contado nada.

Linc lo pensó. ¿Se sinceraría Sawyer con Knox? Ella siempre había considerado a los amigos de

Linc como unos juerguistas, aunque todos ellos tuvieran una trayectoria profesional muy próspera... y tenía razón. Su lema era trabajar mucho y divertirse más.

–He pensado que quizá hubieses oído algo. Los dos os encontráis por todos lados y conocéis a la misma gente. No puedo entender que pueda conseguir que no lo conozca nadie.

–¿Se lo has preguntado a ella?

–Me dijo que me ocupara de mis asuntos.

–¿No tiene algo de razón?

–No puedo. Está saliendo con alguien y no quiere que nadie lo sepa. Eso me pica la curiosidad.

Sobre todo, quería que Sawyer fuese feliz. Le preocupaba que saliera con alguien y no fuese franca. ¿Qué pasaba para que tuviera que ocultar a ese hombre?

–Tu hermana es una mujer inteligente y con sentido común. No necesita que hagas de hermano mayor y entrometido.

–No sabía que fueses tan incondicional de mi hermana –Linc miró a su amigo con los ojos entrecerrados–. ¿Estás saliendo con alguien?

–No.

–¿Alguna vez te has planteado salir con mi hermana? Tenéis muchas cosas en común y se me ocurren muchos cuñados peores que tú.

–¿Cuñado? –preguntó Knox como si no diera crédito a lo que había oído–. No voy a casarme con Sawyer. ¿Qué te pasa? Necesitas acostarte con alguien. Deja de preocuparte por la vida amorosa de todo el mundo y ocúpate de la tuya.

Precisamente, estaba intentando evitar tener una vida amorosa. Había estado a punto de besar a Claire… Casi le había dominado la tentación rodearle el cuello con los dedos y acercarle la cara. Sacudió la cabeza para olvidarlo.

–¿Qué le pasa a Sawyer? –preguntó él volviendo al tema de conversación que quería.

–Nada. Es fantástica.

–Pero no se te pasa por la cabeza salir con ella.

–Yo… –Knox se calló y miró a Linc con los ojos como platos–. ¿Por qué intentas emparejarme con Sawyer?

–Sé que la tratarías bien.

–¿Qué te hace suponerlo?

–Sabes cuánto la protejo y eso haría que hicieses todo lo posible para que fuese la mujer más feliz del mundo.

–Precisamente por eso no saldría jamás con tu hermana. Eres insoportable con todos los hombres que salen con ella. Ninguno es lo bastante bueno. Si está saliendo con alguien, no me extraña que lo mantenga en secreto.

–No soporto los secretos –Linc pensó en que el empeño de su padre en no hablar de sus desastrosos negocios hizo que cada vez fuese hundiéndose más en los problemas–. Ocultar la verdad, por mala que sea, no lleva a nada bueno.

–Quién fue a hablar –replicó Knox en un tono muy elocuente.

–¿Qué quieres decir?

–Tu… empleada.

El tono incisivo de Knox se abrió paso en su buen humor.

–¿De qué estás hablando?

–Vi cómo la mirabas esta noche durante la cena.

–¿Cómo…? –preguntó Linc en un tono desenfadado, como si no quisiera agarrar a su amigo de la solapas para zarandearlo hasta que contestara.

–Como si estuvieras deseando que nos largáramos todos para quedarte solo con ella.

–Eso es ridículo –Linc resopló con desprecio, pero vio que no convencía a Knox–. Claire trabaja para mí y no hay nada más.

–¿Y si no trabajara para ti?

–Sigue colgada de su difunto marido.

–¿Estás seguro?

–Sí. ¿Por qué lo dudas?

–Porque te come con la mirada.

Aunque se le había parado el pulso por el comentario de Knox, llevaba bastante tiempo siendo un personaje público como para no inmutarse.

–No es verdad –¿sería verdad? La idea le apasionaba–. Estás inventándotelo para incordiarme.

–Solo en parte. Quería ver tu reacción.

–¿Y…?

–Es posible que no estés acostándote con Claire, pero no es por falta de ganas.

–¿Y qué tiene eso de raro? Es guapa y encantadora, y nos llevamos muy bien, ¿por qué no iba a gustarme?

¿Qué estaba haciendo? Debería estar reuniendo motivos para no querer acostarse con Claire.

–También es tu empleada –le recordó Knox, aunque no hacía falta.

–Más de un hombre se ha enamorado de su secretaria o de su niñera, ¿por qué no de su empleada?

–¿Enamorarse? –preguntó Knox arqueando las cejas.

–Es un eufemismo –Linc se encogió de hombros–. Suena mejor que «acostarse» –se frotó la cara–. Vuelvo unas semanas a Charleston y se me pegan los modales sureños.

Knox se rio, como había esperado Linc, y siguieron fumando en silencio durante unos minutos, hasta que Linc notó la presión de la curiosidad de Knox aunque su amigo estuviese mirando la piscina color turquesa.

–¿Cuál fue el verdadero motivo para que rompieras con London?

–Ya te lo he contado. Porque no estaba enamorado de ella. Además, tampoco creo que ella estuviese enamorada de mí.

–¿Por qué piensas eso?

–A ella le gustaba la idea de lo que yo representaba, una familia de Charleston de toda la vida. Su familia había estado intentando introducirse en los círculos más cerrados de la sociedad de Charleston desde que llegaron aquí. London quería ponerse de largo y no lo haría jamás, pero si se casaba conmigo y teníamos una hija, viviría su sueño a través de ella.

–Y a ti no te interesan esas cosas.

–Me dan exactamente igual.

–¿Estás seguro de todo lo que estás diciendo? La han visto con Harrison Crosby y no es de una familia de Charleston de toda la vida, ni mucho menos.

–Créeme. London estaba obsesionada con todo ese asunto de… la sociedad. Tanto que todas las mujeres que han venido hoy a la cena habían hablado conmigo después de que terminara el compromiso y me habían dicho de todo sobre mi exprometida.

–Me sorprende que esperaran tanto –replicó Knox entre risas.

–¿Qué quieres decir?

–Augusta y Ruby hablaron con Austin, con Roy y conmigo hace un año. Querían que te advirtiéramos de que London estaba demasiado obsesionada con tu posición social. Creo que también estuvieron hablando un rato con tu madre.

No le costó imaginarse cómo habían transcurrido algunas de esas conversaciones. Bettina recibía muchas veces a sus amigas y le gustaba entablar relaciones con mujeres que le parecían más aptas para casarse con él.

–¿Sabía London que muchas de mis amigas estaban contra ella?

–¿Cómo no iba a saberlo?

Eso explicaba muchas cosas. A medida que su relación con London se acercaba más al matrimonio, ella había conseguido que él pasara cada vez menos tiempo con su círculo de amigos de siempre. Era curioso que las personas con las que ella había querido mezclarse la habían dejado de lado y ella había reaccionado alejándolas de él. Se había convertido en un círculo vicioso.

–Me parece que es mejor para todos que ya no vayamos a casarnos –comentó Linc.

–Desde luego, es mejor para tu empleada.

–Déjala en paz –murmuró Linc con el ceño fruncido.

–Entonces, ¿no vas detrás de ella?

–No –él desvió la mirada hacia la piscina–. Si las cosas fuesen distintas…

Si Claire no siguiese enamorada de su difunto marido…

–¿Quieres decir si no fuese empleada tuya? –preguntó Knox.

—Sí.

—Podrías despedirla.

Linc miró a su amigo con una sonrisa apesadumbrada.

—Lo pensé hace un par de días, pero, seguramente, eso haría que me odiara.

—¿Y si se marcha ella?

—¿Por qué iba a hacerlo? Aquí está muy bien instalada y soy un jefe fantástico.

Knox terminó su whisky.

—¿No has pensado nunca que a Claire podría gustarle cambiar el uniforme de doncella francesa por otro de chef?

La verdad era que no lo había pensado. En realidad, aunque la había contratado más por su talento como cocinera que por su capacidad para limpiar y ordenar, no había tenido muchas ocasiones de aprovecharse de lo primero durante el año pasado.

—Está contenta como está.

—Es posible, pero Austin tenía razón cuando dijo que desperdiciaba su talento como cocinera contigo.

—Entonces, recibiré más.

—¿No dijiste que va ocuparse de la comida de la fiesta que va a dar tu madre en un par de semanas?

—Sí, ¿qué pasa?

—Augusta arrinconó a Claire justo antes de que nos marcháramos y le preguntó si podría cocinar para una función que va a celebrar el mes que viene.

—¿Ha aceptado?

A él no se le había pasado por la cabeza que Claire pudiera estar interesada en aceptar algunos trabajos extras.

–Dijo que lo pensaría y que la llamaría.

Linc no se consideraba egoísta, pero le irritaba la idea de compartir a Claire.

–¿No has pensado que podrías estar perjudicándola al tenerla como tu empleada?

–No lo había pensado…

No había pensado nada hasta ese momento. Ella parecía bastante contenta limpiando y ordenando su casa de cuatrocientos veinte metros cuadrados. Además, a menudo comentaba que sus prolongadas ausencias durante la primavera y el verano le permitían dedicarle más tiempo y atención a su hija. Sin embargo, Honey estaba creciendo e iría a preescolar… Quizá, si tenía más tiempo libre, Claire podría empezar a buscar oportunidades para desarrollar sus conocimientos culinarios. ¿Qué pasaría si Claire decidía marcharse y emprender una carrera como chef? Linc tuvo que dominar un desasosiego creciente. Se le hacía un nudo en las entrañas solo de pensar que las risas cristalinas de Honey ya no resonarían en la casa y que ya no vería todos los días las preciosas sonrisas de Claire.

–Ella no me dejará.

–¿Y si lo hace?

Hubo algo en el tono de Knox que le llamó la atención. Dejó de mirar la piscina y vio que su amigo tenía una expresión de preocupación.

–No lo hará.

Los invitados ya se habían marchado. Una vez segura de que Honey estaba dormida, bajó a la silenciosa cocina para comprobar lo que había que hacer todavía. Ya estaba recogido casi todo y podría dejar para el día siguiente lo que quedaba, pero la euforia por el éxito de la cena iba a impedirle dormir.

Por eso, en vez de dar vueltas por su cuarto o de tumbarse mirando al techo, decidió lavar los manteles y guardar la cristalería y la porcelana en la alacena que había fuera de la cocina. Si tenía en cuenta la afición y la facilidad de Honey para trepar, cuanto antes guardara todo lo que pudiera romperse, mejor.

Entró descalza en la cocina. Se había quitado la ropa de chef y se había puesto lo que usaba de pijama: unos pantalones de rayas azules y verdes que se ataban con un cordón y una camisola vaporosa. Como hacía más frío abajo, también se había puesto una sudadera fina con capucha.

Dejó a remojo las servilletas en el cuarto de la lavadora y guardó cuidadosamente la cristalería y la porcelana. Entonces, decidió que se merecía una copa de vino y se sirvió un poco del vino blanco italiano que había sobrado y que había acompañado a las vieiras. Se deleitó con su sabor y fue hasta la terraza acristalada para sentarse en su butaca favorita y mirar la piscina. Había algunas ventanas abiertas para que entrara el aire fresco, pero también entró el humo de unos cigarros puros. Evidentemente, Linc no se había ido al bar con los invitados y, a juzgar por lo que oía, no estaba solo. Reconoció que la otra voz era la de Knox Smith.

–Vi cómo la mirabas esta noche durante la cena –dijo Knox.

–¿Cómo…? –preguntó Linc en un tono despreocupado.

Claire sabía que no debería estar escuchando a

hurtadillas la conversación de su jefe, pero la curiosidad le impidió moverse. ¿Cuál de las invitadas había despertado el interés de Linc? No había podido mirarlas con mucho detenimiento, pero si tuviese que apostar, lo haría por Landry, la impresionante morena de ojos verdes. Además, su pelo negro y tupido contrastaría muy bien con el rubio, y típico americano, de Linc. La prensa se los comería.

—Como si estuvieras deseando que nos largáramos todos para quedarte solo con ella —contestó Knox.

—Eso es ridículo —Linc parecía tranquilo, casi aburrido—. Claire trabaja para mí y no hay nada más.

Estaban hablando de ella. El pasmo y el pánico se adueñaron de ella y se frotó los brazos con nerviosismo.

—¿Y si no trabajara para ti?

—Sigue colgada de su difunto marido.

—¿Estás seguro?

—Sí. ¿Por qué lo dudas?

—Porque te come con la mirada.

Claire sacudió la cabeza para rechazar todo lo que estaba diciendo Knox. Ya había sido bastante que se dejara llevar por la fantasía de acostarse con su jefe, pero que su interés por Linc fuese tan evidente… Quiso morirse por la humillación. ¿Qué podía haber peor que eso, que el mejor amigo de Linc le hiciera ver que estaba loca por él? Se inclinó hacia delante y se sentó en el borde del asiento, pero no salió corriendo de la habitación y se quedó para escuchar la réplica de Linc.

—No es verdad —replicó Linc en un tono dubitativo—. Estás inventándotelo para incordiarme.

–Solo en parte. Quería ver tu reacción.

Claire, por su parte, quiso apalear a Knox. ¿Cómo se atrevía a meter esas ideas en la cabeza a Linc? Solo le faltaba que empezara a cuestionarse las reacciones de ella hacia él.

–¿Y?

–Es posible que no estés acostándote con Claire, pero no es por falta de ganas.

Ella se acordó otra vez del momento que vivieron antes de la cena. Para cuando había terminado de dar los últimos toques al postre, se había convencido de que había interpretado fatal las señales.

–¿Y qué tiene de raro? –preguntó Linc–. Es guapa y encantadora, y nos llevamos muy bien, ¿por qué no iba a gustarme?

–También es tu empleada.

–Más de un hombre se ha enamorado de su secretaria o de su niñera, ¿por qué no de su empleada?

–¿Enamorarse?

Knox lo preguntó en tono de sorpresa, pero más sorprendida estaba ella. ¿Acaso había entrado en un universo desconocido donde podía tener una oportunidad con alguien tan adinerado y relacionado como Linc Thurston? No sabía si reír o llorar.

–Es un eufemismo. Suena mejor que «acostarse» –se hizo una pausa–. Vuelvo unas semanas a Charleston y se me pegan los modales sureños.

Claire comprendió por fin que ya había escuchado demasiado, se levantó y salió de la habitación como un fantasma. Se quedó de pie en la cocina con el corazón acelerado y una copa de vino vacía, y dándole vueltas a la cabeza. Se sirvió otra copa y se sentó en la mesa del desayuno para pensar en lo que había oído.

«Es posible que no estés acostándote con Claire, pero no es por falta de ganas».

¿Era verdad? Parecía imposible, sobre todo, después de que hubiese visto a las hermosas mujeres que habían ido a la cena. Sería mucho más probable que sentara la cabeza con una de ellas. Todas eran sofisticadas y, si no eran adineradas, vestían como si no supieran el significado de las palabras «rebajas» y «descuentos». Tenían estilo y modales, o, al menos, las habían criado para que supieran comportarse en la alta sociedad de Charleston. Volvió a pensar en alguna de las conversaciones que había oído de Linc con Knox o su hermana.

Muchas veces ni se fijaban en ella por ser la empleada, como si fuese un mueble. Las personas no solían ser más discretas cuando estaba ella y hablaban de cualquier cosa sin miedo a que pudieran dar alguna información. ¿Y por qué no? Sabía guardar los secretos, los suyos y los de los demás. Además, ¿qué iba a ganar con contar los cotilleos a la prensa? Nada. ¿Por qué iba a jugarse el empleo? Linc se había portado muy bien con Honey y con ella y nunca haría nada que pudiera perjudicarle.

«Es guapa y dulce, y nos llevamos muy bien, ¿por qué no iba a gustarme?».

Gustar era el verbo clave. Él le gustaba a ella y ella le gustaba a él… y se habían hecho amigos. Era ridículo malinterpretar algo que había dicho él en una conversación privada. Los hombres hablaban todo el rato de mujeres y sexo… y no iba a ponerse tonta por eso. Estaba segura de que todos y cada uno de los amigos de Linc se habían planteado alguna vez tirarle los tejos. En cierta medida, se había puesto un anillo de boda para que todo el

84

mundo creyera que era viuda y así evitar esas situaciones incómodas. Si un hombre mostraba algún interés por ella, se limitaba a expresar la tristeza que sentía por su difunto marido.

Precisamente, London no había puesto reparos porque era viuda de un militar. No creía que le hubiese dejado a Linc que contratara a una atractiva madre soltera como empleada del hogar. Sin embargo, podía esperarse que una viuda que lloraba al amor de su vida no pensara en su jefe en ese sentido ni fuera a abalanzarse sobre él.

Oyó la puerta de un coche que se cerraba y el motor que se ponía en marcha. Entonces, cayó en la cuenta de que tenía la copa vacía en la mano y le sorprendió que hubiese pasado tanto tiempo. El picaporte de la puerta de la calle empezó a girar y se quedó helada. Tendría que ver a Linc después de lo que había dicho de ella. ¿Por qué no se habría ido a su cuarto?

—Sigues levantada —comentó Linc entrando en la cocina.

—He bajado para recoger todo —señaló la ordenada cocina con la copa— y a beber un poco de vino.

—Te mereces descansar después de un día tan largo.

—Es parte de lo que me comprometí a hacer cuando me convertí en tu empleada.

Su cuerpo, por iniciativa propia, se inclinó hacia él y ella se dio cuenta de lo importante que era mantener cierta distancia, y la mejor manera era recordarle cuál era su función en esa casa.

—Es posible, pero eres algo más que mi empleada.

«Es posible que no estés acostándote con Claire, pero no es por falta de ganas».

Notó una oleada abrasadora cuando las palabras de Knox volvieron a perseguirla.

—Me contrataste por mis conocimientos culinarios.

—Que son increíbles.

Claire lo miró de soslayo y decidió que la conversación que había oído no había significado nada. La expresión de él no indicaba, ni mucho menos, que ella lo atrajera. ¿Estaría consiguiendo ella disimular sus sentimientos? Esperaba que sí. Solo le faltaba que Linc captara ese anhelo imposible que sentía por él. En el mejor de los casos, él se sentiría halagado por su interés, pero en el peor, podrían cruzar una línea y todo saltaría por los aires en su propia cara. No podía arriesgarse a que pasara eso. ¿Qué pasaría si les expulsara a Honey y a ella y tuviera que buscar por todos lados para encontrar otro sitio donde vivir y otro trabajo?

—Podrías haberlo dejado todo para mañana —él le miró primero los ojos, luego los labios y acabó mirándole la ropa de dormir—. Parece como si estuvieses preparada para acostarte.

Claire se maldijo a sí misma por haber temblado como reacción a su sonrisa indolente.

—No podría dormir solo de pensar en el desorden. Ya sabes cómo soy con la cocina.

—Desde luego, el desorden es tu talón de Aquiles —Linc dejó dos copas en el fregadero—. Te reto a que dejes lo que queda hasta mañana.

—Muy gracioso…

Sin embargo, sus dedos se encogieron cuando miró las copas sucias.

–Te pone nerviosa, ¿verdad?

–Un poco.

Esas bromas con Linc hacían que le resultara más fácil pasar por alto los latidos desbocados del corazón por tenerlo tan cerca. ¿Sabía él, aproximadamente, lo poderoso que era su atractivo sexual? ¿Cómo no iba a saberlo si todos los publicistas lo reclamaban para que fuera la imagen de sus productos, y la colonia de Armani solo era el último?

Linc abrió el grifo para que el agua cayera sobre las copas.

–Las fregaré yo. Es lo mínimo que puedo hacer después de todo lo que has trabajado para que la cena fuese un éxito –él le señaló la copa vacía que tenía en la mano–. Si has terminado, también fregaré esa.

–Estaba bebiendo una copa de vino –replicó ella, aunque no supo por qué se sintió obligada a justificarse–. De lo que quedó del Soave.

–¿Cuál era ese?

–El que puse con las vieiras.

–Estaba muy bueno –Linc asintió con la cabeza–. Era seco con un toque a melocotón –él la miró con una ceja arqueada–. ¿Te sorprende que me acuerde?

–Os he servido muchos vinos distintos.

–¿Para alardear?

–Un poco. Me pareció que tu primera cena después de London debería ser memorable.

–Lo has conseguido.

Claire se arrepintió inmediatamente de haber mencionado a London.

–Lo siento.

–¿Por qué?

–No debería haber hablado de London.

–Fui yo quien rompió la relación –le recordó él–. Si acaso, London debería ser quien se sintiera susceptible por hablar de nuestra ruptura.

–Lo sé, pero no irás a decirme que te resultó fácil romper vuestro compromiso.

–Me siento culpable por haberlo retrasado tanto.

–Pues no deberías. Algunas veces, te desenamoras casi sin darte cuenta, como puede pasarte al enamorarte.

–¿Qué sabes de desenamorarte?

Aunque no dijo nada sobre Jasper, a ella le pareció que Linc estaba pensando en él.

–No sigo colgada de mi… –no podía llamarlo su marido, no podía mentir en ese momento–. De Jasper.

Lo afirmó más acaloradamente de lo que los dos habían esperado.

–De acuerdo.

–No lo dices muy convencido –estaba sintiéndose cada vez más molesta–. Sabes que he salido con algunos hombres durante este año.

Linc abrió los ojos por su vehemencia.

–Algunos hombres… Parece como si quisieras pasar página. ¿Hubo alguno especial?

Se aturulló por la pregunta y abrió la boca, pero no supo qué decir.

–Solo quiero dejar claro que estoy dispuesta a pasar página, aunque todavía no he encontrado al hombre indicado.

–Siempre me has parecido una mujer que busca el hombre indicado, no el hombre indicado en este momento.

–¿Qué quiere decir eso?

–Que no vas a darle la oportunidad a nadie si no puedes verte con él a largo plazo.

–Eso demuestra lo poco que me conoces. Las mujeres también tienen necesidades, ¿no lo sabías? Yo tengo necesidades.

Linc asintió pensativamente con la cabeza, pero el brillo de sus ojos le indicó a Claire que no había terminado de tomarle el pelo.

–Claro…

–Oí que Knox te tomaba el pelo conmigo.

Ella maldijo el tono ronco de su voz. La expresión de él se hizo granítica y desapareció todo rastro burlón. Se pasó los dedos entre el pelo como si lo hubiese regañado.

–Lo siento…

Su lado sensato le gritaba que lo dejara así, pero sentía unas necesidades cada vez más temerarias desde que él volvió de Texas. La conversación que había oído a hurtadillas mezclada con las dos copas de vino que había bebido hacían que cada vez le costara más pasar por alto las ganas que tenía de estrecharse contra ese cuerpo musculoso que tenía al lado.

–No lo sientas. Fue culpa mía. No debería haber fisgado. Además, no me importa que hayas pensado en acostarte conmigo.

Consiguió decirlo porque miró fijamente el mármol que había detrás de la cocina de seis fuegos. Eso le permitió distanciarse de la intensidad de la conversación.

–Estamos tan cerca… –ella se encogió de hombros–. Es normal que lo pensaras.

Él se quedó en silencio durante un rato que le pareció interminable, pero, a juzgar por los latidos acelerados del corazón, solo duró unos segundos.

–Creo que no tienes en cuenta lo importante que eres para mí. Honey y tú –los dedos de él le rozaron los nudillos y sintió como una desbandada de mariposas por dentro–. Claro que he pensado en ti de esa manera, pero también sabes que jamás me aprovecharía de mi posición…

–¿Y si no te aprovecharas? –no pudo creerse que hubiese dicho algo tan descarado. Era su jefe…–. Además, los rumores ya han empezado a condenarnos.

–Claire…

Él parecía divertido y desesperado a la vez.

–¿Quieres…?

Ella se movió hacia delante hasta que sintió el calor de su cuerpo y le sobró la sudadera con capucha. Se bajó la cremallera y dejó que le cayera de los hombros.

–Claire.

Esa vez lo dijo en un tono de advertencia. La agarró de los hombros desnudos y una oleada de anhelo abrasador la dominó por dentro.

–No tienes ni idea de que lo que me provocas –añadió Linc.

Linc bajó las manos, agarró la sudadera y volvió a ponérsela sobre los hombros. Ella se quedó helada mientras le tapaba la piel desnuda y el bochorno se adueñó de ella mientras se preguntaba qué le había pasado.

–Lo siento.

Humillada, retrocedió un paso y le sorprendió que le costase tanto apartarse de él.

–No, soy yo quien debería disculparse. Knox y yo no deberíamos haber hablado de ti.

–Está preocupado por ti.

Su cuerpo seguía vibrando con avidez a pesar del rechazo de Linc. Su cerebro le preguntaba a gritos en qué había estado pensando mientras su cuerpo le preguntaba a voces por qué había parado.

–Creo que está más preocupado por ti –replicó Linc en un tono de arrepentimiento.

–¿Por qué? Es tu amigo. Si alguien puede salir malparado, eres tú.

–¿En qué sentido? –preguntó Linc ladeando la cabeza.

–Tu reputación.

–Me da igual mi reputación. Será importante para mi madre, pero no para mí.

–Pero tú madre sí es importante para ti. Si supiera que te acuestas con tu empleada, eso echaría por tierra todos sus esfuerzos de encontrarte una mujer de una buena familia de Charleston para que te cases con ella.

Linc resopló con fastidio.

–Mi madre ha sorteado bastante bien escándalos mayores. Además, lo que quiere para mí no es necesariamente lo mismo que yo quiero para mí.

–¿Quieres decir que no quieres casarte con una chica de buena familia y tener hijos?

–Quiero casarme con una mujer a la que ame, me da igual de qué familia sea.

Si bien esa firmeza era sexy y apasionante, ella también sabía que su compromiso con London había tensado su relación con Bettina.

–Todo eso está muy bien, pero a tu madre no le da igual y, en definitiva, eso te importa.

Y era impensable que Bettina Thurston fuese a dar el visto bueno a que su hijo tuviera cualquier tipo de relación con su empleada.

Capítulo Seis

Eso le enfureció porque sabía que ella tenía razón. Sin embargo, no quería que tuviese importancia que su madre se hubiese molestado cuando se prometió con London.

—Creo que habría acabado dando su brazo a torcer cuando se diera cuenta de que era lo que me haría feliz.

—Tu madre es una matriarca dominante que cree que sabe qué es lo que te conviene.

Él no podía rebatirlo. Efectivamente, su madre se había dado cuenta de que London no era la mujer que le convenía. Miró a Claire. Su madre se opondría mucho más todavía a que saliera con su empleada. Se pasó los dedos por el pelo mientras se debatía entre lo que quería hacer y lo que sabía que le convenía.

Alargó una mano y le rodeó el cuello con los dedos antes de que cayese víctima del sentido común. Ella le puso una mano en el pecho. Se quedó pasmado cuando le agarró la solapa y lo atrajo hacia sí.

Inclinó la cabeza y le rozó los labios. Ella susurró de placer y se dejó caer sobre él. Su leve peso fue como un mazazo que lo aturdió y le aceleró el corazón como si hubiese corrido un maratón.

—Claire…

La besó otra vez y se deleito con sus delicados

92

labios. Sin embargo, se tapó la boca con los dedos antes de que pudiera besarla otra vez y apartó la cabeza.

—Estaba muriéndome de ganas de hacerlo desde anoche —reconoció él antes de soltarla y retroceder un paso.

Tenía las manos temblorosas y se las metió en los bolsillos ¿Qué poder tenía sobre él que un beso así de casto conseguía que se alterara de esa forma?

—Creía que solo me pasaba a mí…

Era un error. Otro error. Ella lo deseaba. Él también la deseaba. No. Sí…

Sin embargo, acabó pensando en las consecuencias para los dos y no volvió a rodearle el cuello con la mano. Ella tenía que pensar en Honey y él tenía que saber si solo estaba reaccionando ante algo prohibido o si ella era tan deseable como se imaginaba.

—Será mejor que vaya retirando la porcelana y la cristalería.

Claire aclaró su copa de vino en el fregadero.

—Mi oferta de ayudarte sigue en pie.

—Gracias, pero no tardaré mucho.

Linc, en vez de discutir, subió al amplio dormitorio principal, que estaba en el segundo piso. Casi no había entrado en su cuarto cuando oyó el crujido de un listón de madera en el pasillo, se dio la vuelta y vio a Claire.

—Siento lo que ha pasado antes. Te he puesto en una situación incómoda.

—No es verdad.

—¿No podemos atribuirlo a…?

—¿La luz de la luna? —terminó él.

Ella esbozó una sonrisa cautelosa.

–Yo iba a decir a la curiosidad.

–Pero no era solo eso…

Salió al pasillo y sintió que se le alteraba el cuerpo cuando se quedó a un metro de ella.

–No me había dado cuenta, hasta hace muy poco, de lo mucho que había dejado a un lado mis necesidades.

–Tenías que pensar en Honey.

Él no iba a volver a hablar de la devoción que sentía por su marido fallecido. Evidentemente, estaba dispuesta a pasar página… o eso creía él.

–Es mi prioridad, pero también creo que la he utilizado para aislarme. Me he mantenido ocupada y centrada para llegar a dominar la soledad.

–Conozco esa técnica. ¿Por qué crees que llegué a ser tan bueno jugando al béisbol? Mientras mi padre estaba en la cárcel, me pasé muchas horas al día entrenando con el bate y con las carreras para agarrar y lanzar.

–Lo entiendo.

Linc le puso un dedo debajo de la barbilla y le levantó la cabeza para mirarla a los enormes ojos marrones.

–Estoy para lo que quieras…

–¿Un poco de sexo sin complicaciones?

Ella lo preguntó con despreocupación, pero él captó la expresión sombría que delataba lo nerviosa que estaba.

–Lo que quieras.

Él sonrió para que ella pudiera tomarse la oferta en serio o descartarla como si fuese una broma. Esperó que eligiera lo primero.

–No sabes cuánto me gustaría tomarte la palabra –replicó ella con un suspiro.

–Con un poco de suerte, será tanto como a mí me gustaría que lo hicieras.

–Caray…

Le tomó la mano y entró con él en el dormitorio. Fue la señal que él había estado esperando. Dejó escapar un suspiro de alivio, la tomó en brazos y la llevó hacia la cama. La dejó encima de la colcha y se quitó la camisa. También se quitó los zapatos y el reloj sin dejar de mirarla. Ella, entretanto, se quitó la sudadera y tiró a un lado todos los almohadones decorativos.

–Te hago la cama todas las mañanas y nunca me habían parecido tan fastidiosos como ahora.

Su respiración entrecortada y su sonrisa maliciosa tuvieron el efecto previsible en él.

–Te sorprendería saber la cantidad de veces que he querido sorprenderte mientras hacías la cama y revolcarte entre las sábanas.

–Te sorprendería saber la cantidad de veces que he apoyado la cara en tu almohada y me he imaginado que estaba desnuda en la cama contigo.

–Tú ganas.

–Creo que esta noche ganamos los dos.

Se soltó la hebilla del cinturón y el botón de los pantalones, pero se detuvo para mirar cuando se dio cuenta de que ella estaba quitándose la camisola por encima de la cabeza. Su maravilloso torso desnudo fue apareciendo centímetro a centímetro. Contuvo la respiración cuando la tela azul claro superó la curva inferior de sus pechos. Entonces, de repente, surgieron los pezones oscuros y se le secó la boca.

Terminó de quitarse la camisola y él le rodeó la cintura con las manos y la estrechó contra sí.

Ella ronroneó de placer mientras la besaba en la boca. Lo agarró de los hombros e introdujo los dedos entre su pelo mientras separaba los labios para que él le pasara la punta de la lengua.

Tenía los pezones endurecidos y tanta pasión lo excitaba más todavía. Le acarició la espalda y pudo notar que se le contraían los músculos bajo la sedosa piel. Claire se estremeció cuando le pasó los dedos por los salientes de la columna vertebral antes de bajar la mano hasta tomarle el trasero por debajo del pantalón del pijama.

–Linc… –ella susurró su nombre mientras él le besaba el cuello hasta llegar a la sensible cavidad en la base–. Es increíble…

–Todavía no he empezado con lo increíble.

Estaba dispuesto a dominar el anhelo para conseguir que fuera una noche inolvidable para ella.

–Todo lo que haces es maravilloso.

–Me parece que pones el listón muy bajo.

–No quiero presionarte.

La sonrisa ladeada de ella lo enardeció, pero consiguió sosegarse gracias al repentino destello de timidez que captó en ella.

–¿Cuánto tiempo llevas…?

Linc quería ir despacio y que todo fuera perfecto para ella. Se merecía que la mimaran y eso era lo que pensaba hacer.

Ella se mordió el labio inferior y pensó la respuesta.

–Desde la noche que concebí a Honey.

Linc hizo las cuentas y se preguntó si el destello que había visto en los ojos de ella sería de remordimiento. Casi tres años. Su ardor se enfrió un poco al saber que sería el primero desde su marido. Sabía que no estaba compitiendo con él, pero ¿podría evitar ella compararlos?

Claire le tomó la cara entre las manos y lo devolvió a la situación en la que estaban.

—Esta noche estamos tú y yo solos.

—Me alegro de saberlo, no he hecho un trío.

Ella dejó de pasarle los dedos por el abdomen y lo miró con ironía.

—¿Nunca?

Linc, a pesar del tono incrédulo de ella, vio que la esperanza se reflejaba en su expresión y se prometió que nunca haría nada que pudiera socavar la fe que tenía en él.

—Lo dices como si creyeras que soy un seductor mujeriego o algo así.

—No, pero sí eres un deportista famoso y las mujeres se abalanzaran sobre ti todo el rato. Me imagino que habrás tenido infinidad de oportunidades.

—Bueno, me han tentado, pero me gustan las mujeres de una en una. Me permite centrar toda mi atención en lo que más les complace —le agarró el trasero con más fuerza y oyó que ella tomaba aire—. Comprobarás que me gusta ser muy minucioso.

Le pasó un dedo por la cremallera del pantalón.

—No sigas con eso hasta que te hayas quitado los pantalones.

—Ya me ocuparé yo.

Le apartó la mano y se bajó la cremallera.

Le había encantado notar sus manos sobre la erección y por encima de las dos capas de ropa, pero lo que más deseaba era sentir toda la extensión de su miembro endurecido dentro de ella. Sin embargo, era demasiado pronto. Se bajó los pantalones, pero se dejó puestos los boxers.

–Tres años son muchos años –comentó él bajándole lentamente los pantalones del pijama–. Voy a tomarme las cosas con calma, no tenemos prisa.

Claire contuvo la respiración al notar el aire fresco en casi toda su piel y tembló un poco. Linc la tumbó de espaldas y acabó de quitarle los pantalones de algodón. Se deleitó con su desnudez, con sus pequeños pechos y su vientre plano, con la curva de la cintura y sus piernas largas y esbeltas. ¿Cómo no se había dado cuenta de lo hermoso que era su conjunto?

–¿Te parece que está todo bien? –le preguntó ella con la voz ronca de no usarla.

–Perfecto –contestó él poniéndose entre sus piernas–. Quiero besar hasta el último rincón de tu cuerpo, pero, en este momento, quiero empezar por aquí.

–¿Estás… estás seguro? –balbució ella mientras él se inclinaba hacia delante y la lamía–. Sí… –gimió ella como si contestara su propia pregunta.

Le gustaba su sabor y los gemidos de ella que la acariciaban los oídos. Sus entrecortadas exclamaciones de placer lo estimulaban y no supo si llevarla al orgasmo sin rodeos o dejar que el anhelo fuese acumulándose dentro de ella hasta que perdiera la cabeza.

Al final, los tres años si haber hecho el amor fueron los que lo decidieron. Quería que ese momento se le quedara grabado en el cerebro para siempre.

Claire dejó escapar un grito de sorpresa cuando alcanzó el clímax, como si no se lo hubiese esperado. El sonido le llegó al alma y siguió, le clavó las yemas de los dedos en las caderas para sujetarla y siguió con más intensidad.

–No, es demasiado… –su cuerpo se estremeció sobre su boca–. Linc, no puedo…

Sin embargo, sí podía, y lo hizo maravillosamente. Hasta que se quedó tumbada intentando recuperar la respiración. Él la besó el cuerpo hasta que llegó a la boca, dejó a un lado el deseo que lo dominaba y la abrazó entre besos delicados y murmullos. Sintió un batiburrillo de emociones cuando ella murmuró su nombre.

–No me des las gracias todavía –replicó él–. No hemos hecho nada más que empezar.

Ella le pasó los dedos entre el pelo y le tomó el labio inferior entre los dientes con un gruñido.

–Eres un hombre impresionante…

No quería sus halagos, no quería pensar que lo comparaba con al marido que había perdido. A cambio, la besó hasta que solo sintió su calidez y la delicadeza de su piel bajo las manos y los labios.

–Tengo que poseerte… –murmuró él lamiéndole un pezón con la punta de la lengua.

–Soy toda tuya.

La aspereza de su voz lo excitó más todavía y supo que si no se ponía un preservativo, iban a tener problemas. Ella lo miró mientras se lo ponía, pero cerró los ojos cuando se colocó entre sus pierna separadas y se dispuso a entrar.

–Abre los ojos –le pidió él–. Tengo que saber que estás conmigo.

Ella sonrió con languidez y levantó las caderas para que él la notara en el extremo de la erección.

–Aquí estoy.

Ella hizo lo que él había pedido y lo miró a los ojos. Entonces, entró con un movimiento firme y preciso. Claire gimió, se arqueó y recibió hasta el último centímetro de él. Abrirse paso entre su humedad le pareció devastador. Estaba tan cerrada por el tiempo tan largo de… inactividad que casi perdió el dominio de sí mismo cuando consiguió entrar del todo.

Apretó los dientes para contenerse, la miró y vio la sonrisa más deslumbrante que había visto jamás. Empezó con un ritmo lento y constante para darle todo lo que tenía y más.

—Estás muy cerrada, estás volviéndome loco, Claire —murmuró él.

Las paredes cálidas y húmedas palpitaron alrededor de su miembro y empezó a acometer con más fuerza para entrar todo lo que pudiera. Ella recibía con un jadeo cada acometida y le clavó las uñas en la piel.

—Más —le suplicó ella—. Lo quiero todo de ti.

Le dio todo lo que tenía y la colmó una y otra vez mientras introducía una mano entre los dos para acariciarle el clítoris con la intensidad exacta.

—Alcanza el clímax por mí.

Y lo alcanzó. Empezó a estremecerse con un grito abrasador y prolongado. Él la besó en la boca para absorber todo su placer. Ella se aferró a él con una reacción en cadena que lo arrastró al vacío.

Diez días antes de la fiesta de Bettina, Claire acudió a la casa Millet–Forrest con toda su sabiduría culinaria y se pasó varias horas preparando una selección donde pudiera elegir la madre de Linc. Aunque Bettina tenía fama de ser un hueso duro de roer en esos asuntos, ella siempre se había entendido bien con la matriarca de Charleston.

A media tarde, iba a presentarle las ideas del menú a Bettina. Mientras ella estaba ocupada con todo eso, Linc se había ofrecido para llevar a Honey al Museo Infantil. Todavía le desconcertaba que lo pasara bien con la niña de dos años. A Linc le encantaba y, naturalmente, Honey lo adoraba. Se le rompía el corazón cuando los veía juntos.

Dolly estaba planchando camisas en un cuartito al lado de la cocina cuando ella entró con unas bolsas de comida y distintos ingredientes. La mujer frunció el ceño mientras miraba a Claire, que estaba vaciando las bolsas sobre la inmensa isla de mármol.

–Ya le he dicho que no voy a ayudar a cocinar para la fiesta –comentó Dolly con un gesto impertinente que había heredado de su jefa.

–Ya haces bastante –replicó Claire en un tono comprensivo–. No quiero que te sientas obligada a hacer nada más y he contratado a unos ayudantes.

Dolly hizo un gesto de satisfacción con la cabeza y volvió a su tarea. Las dos mujeres trabajaron en un agradable silencio durante dos horas más. Claire, además, se alegró de no tener que charlar. Oyó la campanilla de la puerta principal cuando ya estaba casi terminando. Bettina le había advertido de que iba a invitar a algunas amigas y, afortunadamente, había preparado bastante comida. Dolly fue a abrir la puerta y ella dio los últimos toques a los platos mientras se preguntaba a quién se encontraría esa tarde.

A las cuatro en punto, sacó las dos primeras propuestas al comedor y se encontró a cinco mujeres sentadas a la mesa. Además de Bettina, Sawyer y Augusta, quien se había acercado a ella después de

101

la cena de Linc para que sirviera la comida en una recaudación de fondos, había otras dos mujeres de cuarenta y pocos años.

–Buenas tardes –les saludó Claire mientras dejaba los primeros platos del menú en la mesa–. Hoy he hecho brocheta de mozzarella con tomates de uva y albahaca con reducción de balsámico y canapé de salmón con crema de queso.

Dolly empezó a servir copas de vino blanco y ella volvió a la cocina a por una fuente con atún especiado envuelto en pepino encurtido, brie con nueces y pistachos y vasitos de gazpacho de tomate amarillo con tostadas de ensalada de cangrejo y albahaca.

Uno de los primeros chefs con los que trabajó era un maniático de la presentación y le metió en la cabeza que la comida tenía que ser tan placentera a la vista como al paladar. Por eso se había ocupado de que todo lo que le presentaba a Bettina cumpliera ese requisito.

Cuando terminó de presentar el último de los ocho platos, todas las mujeres estaban deshaciéndose en elogios. Se sintió dominada por la satisfacción de lo bien hecho. Le apasionaba cocinar y le emocionaba que la gente disfrutara con lo que había creado.

–Además de todo esto –Claire miró a Sawyer, quien la animó con una sonrisa–, ha pensado que debería haber gambas cocidas y una tabla de quesos. También tengo una amiga que es una repostera fantástica. Podría pedirle una selección de pasteles de postre.

–Me parece que todo está muy bien –Bettina resultó ser mucho más fácil de complacer que lo que había previsto–. Doy el visto bueno a todo.

–Maravilloso.

–Estoy de acuerdo –intervino Augusta–. Todo es increíble.

Claire sonrió por las críticas favorables.

–Me alegro de que te guste.

Augusta señaló a las dos mujeres que la acompañaban.

–Voy a presentarte a estas dos mujeres. Son Genevieve Brand y Portia Hilcrest. Las he traído porque están encargadas de organizar el partido de polo benéfico a favor del YMCA local que se celebrará el sábado que viene y esperaban que pudieras ayudarlas a salir del atolladero.

Genevieve Brand estaba asintiendo con la cabeza mientras Augusta hablaba. Genevieve, una mujer delgada con el pelo rubio y liso y la cara redonda, llevaba un precioso vestido rosa claro y un collar de perlas de tres vueltas que parecía más caro que el Saab que se había comprado ella.

–La encargada de servir la comida ha tenido una emergencia familiar y ha cancelado sus servicios en el último momento –le explicó Genevieve–. Estamos en un apuro tremendo porque el acto es dentro de muy poco y no tenemos comida. ¿Podrías ayudarnos?

El primer impulso fue negarse. Cuando Augusta se le acercó después de la cena de Linc y le preguntó si estaría interesada en servir la comida de algún acontecimiento en el futuro, ella no había soñado que podría ser tan pronto. No tenía ni las instalaciones y ni el personal para organizar una fiesta grande.

–Tendré que comentárselo a Linc –Claire lo explicó cuando Augusta y Portia se miraron perplejas–. Soy su empleada doméstica.

—Estoy segura de que aceptará —replicó Augusta como si todo estuviese decidido–, al fin y al cabo, es uno de sus acontecimientos favoritos.

—¿Juega al polo? —preguntó Claire antes de que pudiera contenerse.

—No —Sawyer se rio–, pero es muy generoso con las organizaciones benéficas que ayudan a los niños y le encanta apoyar a Austin.

—Cuando dice apoyar —murmuró Bettina en tono irónico–, Sawyer quiere decir apostar.

—Se hacen unas pequeñas apuestas durante el partido —le explicó Portia–. Lo que se saca también va para la beneficencia.

—Parece un acto que merece la pena —comentó Claire abrumada por lo que esperaban esas mujeres de ella–. Aun así, debería comentárselo a Linc.

—Claro.

—¿Qué tienes que comentar con Linc?

La pregunta llegó desde la puerta. Claire desvió la mirada hacia su jefe y el corazón le dio un vuelco. No fue la única afectada y todas las mujeres de la habitación dejaron escapar un suspiro cuando vieron al impresionante rubio con una niña pequeña en brazos. A ella le costó mantenerse inexpresiva cuando se vio dominada por los recuerdos de sus caricias.

—Genevieve y Portia necesitan que Claire las ayude a organizar el partido de polo benéfico del sábado —le contestó Augusta–. La encargada de servirles la comida las ha dejado en el último momento.

—¡Qué preciosidad de niña! —exclamó Portia sin disimular su extrañeza.

—Se llama Honey —dijo Linc sin dejar de mirar a Claire.

–Es la hija de Claire –aclaró Bettina en un tono inexpresivo.

–¿Qué tal el Museo Infantil? –preguntó Claire–. ¿Se ha portado bien?

–Como un ángel.

–No te creo –replicó ella, quien se daba cuenta de que todas estaban observando con detenimiento su conversación.

–Ya sabes que siempre se porta bien conmigo, ¿verdad? –Linc pasó a mirar a Honey.

–Sí –contestó la niña mientras le daba una palmada en la mejilla y se reía.

–Hubo una exhibición de un coche de bomberos y le encantó.

–¡Uuuh! ¡Uuuh! –Honey pareció más bien la sirena de una alarma.

–Has sido muy amable al llevarte a la hija de tu empleada al museo… –murmuró Genevieve.

Claire se puso rígida por el comentario, pero Linc miró con firmeza a la mujer.

–Va a hacer el favor de servir la comida de la fiesta de mi madre. Lo mínimo que yo podía hacer era ahorrarle el canguro de hoy.

Todo el mundo asintió con la cabeza y Claire se quedó paralizada por el bochorno. Para mucha gente era evidente, una vez más, que había una línea que separaba a las personas adineradas de quienes trabajaban para ellas.

–Me llevaré a Honey –Claire rodeó la habitación para dirigirse hacia Linc–. Siéntate con estas señoras. Puedo traerte un plato si quieres probar la comida.

–No, gracias. Honey y yo te haremos compañía en la cocina mientras terminas.

La curiosidad fue palpable en el comedor.

–Linc, antes de que te vayas, ¿podrías darle permiso a Claire para que se ocupe de la comida en nuestra recaudación de fondos? –intervino Genevieve–. No lo hará sin tu aprobación.

–No necesita mi permiso –Linc sacudió la cabeza–. Puede hacer lo que quiera los fines de semana.

Todas las miradas se clavaron en ella, que se sintió como un conejo que había ido a caer en una cueva de lobos.

–Entonces, tendré que aceptar –concedió ella para salir de una situación que se había convertido en muy incómoda.

Sobre todo, le habría gustado que esas mujeres no hubiesen visto la escena de Linc y Honey. Ya se rumoreaba que había algo entre Linc y ella y, en ese momento, gracias a su aparición, era muy evidente que eran amigos y que, probablemente, estaban muy cómodos el uno con el otro.

Miró a Bettina mientras se marchaba. La madre de Linc tenía el ceño ligeramente fruncido. Volvió a la cocina con la esperanza de que Bettina no estuviese preocupada porque Linc había cuidado a Honey.

–Gracias por haberte ocupado de Honey para que yo pudiera concentrarme en tenerlo todo preparado. Si quieres dejármela y marcharte…

–No tengo nada que hacer esta tarde y estaré encantado de quedarme con ella hasta que hayas acabado.

Linc dejó a Honey en el suelo, buscó un par de cazos y una cuchara de madera y enseñó a la niña a tocar el tambor.

–Gracias –murmuró Claire mientras aclaraba los últimos platos antes de meterlos en el lavaplatos.

Linc, mientras tanto, se apoyó en la encimera y observó los restos de comida.

—¿Qué tal ha ido todo? —Linc tomó uno de los aperitivos y se lo metió en la boca—. Está buenísimo. ¿Qué es?

—Hojaldre con caviar —contestó Claire mientras empezaba a guardar los restos—. A tu madre le ha gustado todo.

—Fantástico —Linc probó una tartaleta de queso de cabra con higo y gimió de placer—. Entonces, ¿por qué estás molesta?

—No estoy molesta.

—¿Es porque te han atosigado para que hicieras la comida del partido de polo benéfico? —él le sonrió por encima del vasito de gazpacho—. No la hagas si va a ser demasiado para ti.

—No es eso…

Claire no terminó la frase porque no quería hablar allí, en la cocina de la madre de Linc, de lo que le preocupaba.

—¿Es porque mi madre va a dar la fiesta? —él bajó la voz hasta que solo ella pudo oírle—. ¿Te preocupa que vaya a conocer a alguien? Si es eso, no te preocupes. Lo hago solo para dejar contenta a mi madre.

Claire dejó lo que estaba haciendo y le prestó toda su atención. ¿Estaba actuando como si estuviese celosa? Solo se habían acostado una vez y esperaba haber dejado claro que no se convertiría en una costumbre.

Si analizaba un poco su batiburrillo de sentimientos, el miedo que le atenazaba el corazón tenía que ver con que se estaba enamorando de su encantador y guapo jefe.

–Tienes que tomarte más en serio su labor de casamentera –comentó Claire mientras se negaba la verdad que tenía delante de la cara–. Solo piensa en lo que es mejor para ti.

–No es el tipo de consejo que me esperaba de la mujer que hace dos noches dio un giro radical a su vida.

–¿Un giro radical a mi vida? –repitió Claire en un susurro casi inaudible–. ¿Podríamos no hablar aquí de eso?

–Tranquila –su voz ronca fue como un arañazo para sus sentidos–. Nadie puede oírnos.

–Aun así…

Ella intentó decirlo en un tono tajante, pero le salió tembloroso y poco convincente y contuvo la respiración cuando él tiró de la chaquetilla de chef y la tela le acarició la sensible piel.

–Linc…

–Sabes que volverá a pasar. Creo que esta noche.

Los ojos de él dejaron escapar un destello y ella no pudo mirar a otro lado.

–No lo sé.

Sin embargo, lo deseaba con toda su alma. Todo su cuerpo anhelaba que la besara y esa oleada de deseo estaba llevándose por delante toda cautela.

–Linc, debería haber sido una sola vez y nada más, solo dos personas que se dejan llevar por un momento de debilidad.

Ella consiguió mirar hacia el comedor. Por suerte, no había nadie escondido en la despensa escuchando lo que decían, pero ella tampoco quería seguir hablando de eso.

–¿Debilidad? –él paladeó un rato la palabra–.

Sí, no está mal. Mi fuerza de voluntad se esfuma cuando se trata de ti.

–Linc, por favor… –le rogó ella entre dientes.

–Anoche dijiste exactamente lo mismo.

–Oh, Linc…

Le abrasaban las mejillas y no era por la temperatura de la cocina. Ansiaba quitarle la camisa de punto por encima de la cabeza y sentir sus manos por debajo de la ropa de cocinera.

Él apoyó las manos en la encimera de la isla, se inclinó hacia ella y habló con un murmullo tan sexy que los músculos se le contrajeron.

–Oh, Linc… –repitió él–. Voy a hacer que vuelvas a decirlo una y otra vez.

Él retrocedió un paso y la dejó temblando, anhelante y dispuesta a hacer todo lo que él le pidiera. Él, a juzgar por el brillo de satisfacción de sus ojos, sabía el efecto de sus palabras en ella. Un segundo después, recogió a Honey del suelo y salió por la puerta de la cocina. Claire se quedó mirándolo como un manojo convulso de anhelo insatisfecho.

Capítulo Siete

Durante los días que siguieron a la prueba en la casa de su madre, no consiguió engatusar a Claire para que se acostara con él. Su anhelo por ella era cada vez mayor.

El sábado, a las once de la noche, entró en el camino de su casa y aparcó el BMW al lado del viejo Saab de Claire. Apagó el motor y pudo oír el zumbido de los insectos. La noche había sido una prueba para su paciencia mientras miraba a sus amigos competir para ver quién se llevaba a la mujer más guapa a su casa. Normalmente, las andanzas de sus amigos le parecían divertidas, pero estaba disperso y susceptible desde que le había advertido a Claire que volvería a hacerle gemir.

En realidad, no pensaba haber salido esa noche. Había pensado quedarse cerca de Claire por si dejaba de trabajar pronto, pero ella tenía sus propios planes. Como no le había apetecido quedarse solo en casa, había dejado que Knox y Austin lo arrastraran. Enseguida se dio cuenta de que el problema no era quedarse solo, que el problema era no estar con Claire. Se había convertido como en una droga para su organismo. Nadie le atraía, solo ella.

Encima, había visto a London cenando con Harrison Crosby cuando se dirigía hacia The Lucky Mojo. Estaba tan elegante e imperturbable como siempre, pero hubo algo en la forma de sonreírle de su pareja que fue como una patada en el estómago. Si bien no le reprochaba a London su felicidad, tampoco podía evitar cierta envidia de que Harrison pudiera estar cenando tan contento y por todo lo alto mientras él tenía que andar a escondidas y en secreto con Claire.

A él le importaba un rábano que supieran que iba detrás de ella, pero a Claire le preocupaba la situación porque era su empleada. Aunque no quería preocuparla más, le parecía que si mantenían esa relación incipiente en silencio y actuaban como si a él le avergonzara estar con ella, Claire nunca se creería que le daba igual que sus posiciones sociales fuesen tan distintas.

Se bajó del coche y oyó un chapoteo que llegaba desde la piscina. Se dirigió hacia allí y se escondió entre la vegetación para observar a Claire, que nadaba lentamente. Esa noche llevaba un discreto traje de baño negro que no hacía nada para resaltar sus delicadas curvas. Se quedó embobado mirándola. Estaba nadando por placer, pero sus brazadas eran muy precisas. Nadaba como una nadadora experta y eso le indicó, una vez más, que sabía muy pocas cosas de ella.

Cuando llegó al extremo que estaba más cerca de él, salió de entre las sombras y se acercó al agua.

–Hace un poco de frío para bañarse por la noche, ¿no?

–El agua está a unos veintiocho grados y no me importa hasta que salgo.

Claire se acercó al borde y apoyó los brazos en el suelo de cemento.

Se imaginó que le lamía el agua del cuello mientras ella le rodeaba la cintura con las piernas.

—¿Cuánto tiempo llevas aquí fuera? —le preguntó él.

—Unos quince minutos.

—¿Estabas esperando a que yo volviera?

Ella esbozó una sonrisa enigmática.

—¿Cómo es que has vuelto tan pronto? ¿Todos tus amigos han tenido suerte y te han dejado en la estacada?

Por una vez, él no estaba de humor para flirtear.

—No podía dejar de pensar en ti —contestó Linc con seriedad.

Ella dejó escapar un murmullo como si estuviese pensando cómo tomarse lo que había oído. Linc, casi sin darse cuenta, se quitó la chaqueta y empezó a desabotonarse la camisa.

—¿Qué haces? —le preguntó ella mientras él se quitaba la camisa y los zapatos y empezaba a bajarse los pantalones.

—Acompañarte —contestó él.

Claire puso los ojos como platos cuando los pantalones se le cayeron hasta los tobillos y se los quitó con dos patadas.

—¿No quieres un traje de baño?

Él, como respuesta, se lanzó de cabeza al agua y emergió a unos tres metros de ella. La impresión del agua en su piel recalentada no sofocó lo más mínimo el deseo que le bullía en las venas. La alcanzó de tres poderosas brazadas, le rodeó la cintura con un brazo y la estrechó contra su cuerpo.

—Linc…

La calló con un beso devastador que le indicó cuánto la necesitaba. Sabía a sal por el agua de la piscina y a tarta de melocotón con helado. La devoró con avidez mientras ella le pasaba un muslo por encima de la cadera y le introducía los dedos entre el pelo. Contoneó la pelvis y gimió. Él le bajó uno de los tirantes, le recorrió la piel sedosa con los labios y ella se estremeció.

—No deberíamos hacer esto aquí —siguió ella con la voz ronca y empujándolo levemente—. Podrían vernos…

—Deja de preocuparte por eso —Linc le bajó más el traje de baño para destaparle uno de los pechos—. Me da igual si se entera todo el mundo.

—Pues no debería —susurró ella con la voz entrecortada.

Él bajó la cabeza, le tomó un pezón endurecido con la boca y sonrió cuando ella se estremeció. Por un momento, largo y embriagador, Claire se entregó completamente y él se aprovechó, hasta que ella empezó a sacudir la cabeza.

—Maldita sea, Linc —su voz era un gemido mientras él le besaba el cuello—. Estoy intentando ser sensata.

—No hace falta.

—Hace toda la falta del mundo.

Linc suspiró al captar la firmeza de su tono, se quitó la mano de ella del bíceps y le besó la palma.

—Muy bien, pero tienes que saber que la sensatez no me interesa nada cuando se trata de ti.

—Eso no me lo creo. Eres el hombre más prudente y ecuánime que he conocido.

Linc puso una mueca de fastidio por esa descripción, aunque sabía que era verdad. Su padre le había demostrado lo que le pasaba a un hombre irreflexivo y que no pensaba en las consecuencias para quienes lo rodeaban. Él jamás haría algo que pudiera perjudicar a su familia o amigos. Nunca expondría a Claire a lo que sería un escándalo si los sorprendían.

–¿Por qué no nos ahorramos toda la clandestinidad y salimos en público como una pareja que va a bailar y a cenar?

–¿Acaso te olvidas de que hace poco me pasé todo el día cocinando para que tu madre pudiera elegir lo que va a servir en la fiesta que va a dar para presentarte a las mujeres más codiciadas de Charleston?

–Muy bien –murmuró Linc–. Iré a la fiesta, pero ¿serás mi acompañante en el partido de polo de la semana siguiente cuando no encuentre a ninguna que me guste?

La brisa onduló la superficie del agua y proyecto unas sombras sobre la piel de Claire, quien tomó la cara de Linc con una mano.

–Llévame arriba y hazme el amor –murmuró ella–. Eso es lo que quiero por encima de todo.

Linc le tomó una mano y la llevó hacia las escaleras. Ya era hora de convencerla de que se merecía más… y él también.

Claire hundió la cabeza en la almohada y se aferró a un sueño maravilloso. Linc le recorría el cuello con los labios y sus dedos le recorrían el muslo hacia la cadera. Era una fantasía habitual y recurrente desde que él había vuelto a Charleston después de la temporada de béisbol. Cuanto más tiempo pasaba con Linc, más traicionero era su subconsciente. Él hacía cosas increíbles con su cuerpo a primera hora de la mañana, antes de que se levantara de la cama. Había perdido la cuenta de los orgasmos que había tenido antes del amanecer. Se resistía a volver a la realidad y se aferraba a esa sensación deliciosa que le recorría la carne todavía cálida por el sueño.

Se había sumergido tanto tiempo en el delicado olor a bebé que no había querido darse cuenta de lo mucho que había echado de menos las manos poderosas de un hombre sobre su cuerpo, sus palabras desvergonzadas en los oídos que le decían todo lo que quería hacerle, el poder de un orgasmo que no podía controlar…

–Es una manera maravillosa de despertarse –murmuró Linc mientras iba bajándole una mano por el abdomen.

Claire abrió los ojos. No era un sueño. La mano que se deslizaba entre sus muslos pertenecía a un Linc de verdad y muy excitado. Cerró los ojos con fuerza mientras se le formaba un gemido en la garganta. El pánico le oprimió el pecho, pero no impidió que separara las piernas.

Se le aceleró el pulso y toda la somnolencia se disipó y dejó paso a una oleada de deseo mientras él le acariciaba el interior del muslo sin acabar de llegar a donde ella quería tenerlo por encima de todo.

–¿Qué estás haciéndome…?

Contoneó las caderas para restregarse contra su erección. Él tomó aire precipitadamente y le clavó los dedos en el muslo, lejos de donde lo anhelaba, pero lo bastante cerca como para que ella gruñera. Él le besó la oreja antes de morderle ligeramente el lóbulo. La leve punzada de dolor hizo que sintiera un escalofrío de placer por todo el cuerpo.

–Linc…

Dijo su nombre como una súplica.

–¿Qué quieres?

–Que me acaricies.

–Es lo que estoy haciendo.

Ella golpeó la cabeza contra la almohada y giró las caderas por la frustración creciente.

–No donde yo quiero.

–¿Dónde quieres?

–Entre las piernas, quiero sentirte dentro de mí –ella ya no se sentía cohibida de decirle lo que quería–. Te anhelo con todo mi cuerpo.

–Esa es mi chica.

Por fin, los dedos se abrieron paso entre los pliegues y contuvo la respiración. Notó que le lamía el cuello con la punta de la lengua mientras le trazaba círculos sobre el clítoris con una presión perfecta. Se dejó arrastrar por el placer.

–Estás húmeda… –murmuró él con voz grave.

–Tú te despiertas… duro –replicó ella en tono provocativo– y yo me despierto húmeda.

–¿Siempre?

A juzgar por su tono, estaba sorprendido y eso hizo que ella sonriera. Le rodeó el cuello con un brazo y se arqueó para ofrecerle todo su ser.

–Cuando sueño contigo.

Después de la noche anterior, no tenía sentido andarse por las ramas.

–¿Y te pasa a menudo?

Él la acariciaba con una destreza posesiva que exigía su rendición.

–Casi todas las noches.

–Gime como hiciste anoche –le susurró él mientras introducía el dedo.

La besó en ese punto tan sensible donde se unían el cuello y el hombro. Ella separó los labios y empezó a gemir al ritmo del dedo, que empezaba a entrar y salir.

–Estás tan suave… –murmuró él mientras ella contoneaba las caderas–. Muy bien, demuéstrame cuánto te gusta esto.

–Linc… –gimió ella, aunque como si se quejara.

Él supo que estaba cerca. Claire le agarró la mano y le clavó las uñas para que supiera que quería otra cosa.

–Así no, te necesito dentro.

Linc se apartó. Ella se puso de espaldas y vio que él tomaba un envoltorio de papel de aluminio. Se acordó un instante de que la noche anterior no habían usado preservativo, pero volvió inmediatamente al presente. Para su satisfacción, a él le temblaron un poco las manos mientras lo rasgaba y se lo ponía.

Entonces, se colocó entre sus piernas para entrar en ella con un gruñido que hizo que le diera un vuelco al corazón. Cerró los ojos mientras Linc se movía dentro de ella para deleitarse más con la plenitud de su posesión.

–Sí, sí, sí… Por favor… –no sabía qué estaba pidiendo, pero la súplica se le escapó de la boca–. Más… Es increíble…

Tuvo que contener la respiración cuando él cambió la posición de las caderas y acometió de otra manera para entrar más profundamente… y darle más placer.

–Eso es –le animó él con la voz ronca–. Dime lo que te gusta.

¿Había sentido eso alguna vez? ¿Eran los años de abstinencia o Linc tenía algo especial que la volvía loca?

–Linc…

Se movían juntos en un frenesí de manos y caderas. El cuerpo se le tensaba tanto que creyó que podría explotar. Volvió a decir su nombre una y otra vez y oyó que él murmuraba para estimularla mientras entraba en ella con una fuerza arrebatadora.

Entonces, inesperadamente, el orgasmo se adueñó de ella con un placer tan deslumbrante que fue como una explosión.

—Eres perfecta —susurró él—. Jamás había sentido algo así.

Acometió una última vez y ella vio que su expresión se transformaba en algo que la emocionó y aterró a la vez. La besó con un ardor que la dejó mareada. Lo agarró del pelo y lo acompañó con la misma pasión desenfrenada. Sabía que no podían seguir haciendo eso, pero tampoco quería parar. Hacía mucho tiempo que no se sentía tan feliz, si lo había sentido alguna vez.

Algo tan perfecto no podía durar. Tendría que aprovechar cada vez que estaba con él y exprimir cada segundo. Estar juntos, amarse así, no hacía daño a nadie. Le daba igual lo que dijeran los rumores. Esa pasión acabaría agotándose y Linc encontraría a la mujer que le convenía para el resto de su vida.

En cuanto a ella... Tenía que confiar en que él les trataría de una forma justa, a Honey y a ella.

—¿Qué estás pensando? —le preguntó Linc con la cara en su cuello.

—Lo que me gusta despertarme contigo.

—Podría llegar a acostumbrarme...

Ella también podría dejarse arrastrar por él, por esa relación secreta que tenían.

—No deberías.

Él movió los labios sobre su piel y a ella se le aceleró la respiración mientras se le despertaban docenas de terminaciones nerviosas. ¿Cómo era posible que volviera a desearlo? Su cuerpo no se había repuesto todavía del último orgasmo y ya anhelaba que la acariciara. Sintió las palpitaciones entre los muslos, pero dominó las ganas de frotarse contra él.

–No eres mi jefa.

Él le recorrió la curva de un pecho con los labios, le pasó la lengua por el pezón y ella se quedó sin respiración.

–Claro que no –Claire arqueó la espalda para ofrecerse a él–. Ese es el cargo de tu madre.

Él levantó la cabeza y la miró a los ojos con un azul más intenso todavía.

–Soy independiente, tomo mis propias decisiones.

–Claro que sí.

Sus bromas estaban distrayéndolo y se le estaba pasando el espíritu romántico que tenía antes. Ella dejó escapar un pequeño suspiro de alivio. Podía lidiar con el Linc apasionado, las relaciones sexuales eran un acto físico. Anhelaba con avidez sentir sus labios y el ardor cuando hacían el amor, pero su corazón seguía intacto cuando terminaban. El Linc afectivo era un problema, podría llegar a depender de sus sonrisas y a anhelar su compañía.

–Estás siendo condescendiente.

–Ni se me ocurriría –introdujo los dedos entre su pelo rubio y se deleitó con su suavidad sedosa–. Lo que pasa es que no eres solo tuyo. Eres una estrella, un héroe.

–No soy un héroe de nadie –replicó él sacudiendo la cabeza.

¿Por qué no se veía a sí mismo como lo veía todo el mundo? ¿Acaso no se daba cuenta de la repercusión que tenía en sus amigos y familia?

–Las decisiones que tomas afectan a las personas que te rodean –le explicó ella.

–Lo que pasa entre nosotros no le afecta a nadie que no esté en esta cama.

–¿Te has olvidado de tu madre?

Él parpadeó con incredulidad.

–No irás a decirme que vas a meterla en esto…

–Ella quiere que salgas con una mujer con la que puedas acabar casándote. ¿No quieres que sea feliz?

Linc se puso de espaldas y miró el techo.

–Esta es la conversación poscoito más rara que he tenido en mi vida.

–Solo estoy pensando en ti.

–Deberías dejar de preocuparte por mí y pensar en lo que te hace feliz a ti –le recomendó él mirándola otra vez.

Claire fue a decirle que eso era precisamente lo que estaba haciendo, pero se limitó a sacudir la cabeza. Había dado prioridad a su hija desde que se enteró de que estaba embarazada. Ese paréntesis con Linc había sido egoísta y alocado. El pánico se adueñó de ella y le atenazó la garganta.

–No debería estar aquí –ella se sentó y miró alrededor para buscar la ropa–. Lo siento.

–¿Por qué te disculpas? –Linc fue a agarrarla del brazo, pero ya se había levantado de la cama–. Claire, no te marches.

–Es tarde. Honey se levantará enseguida y tengo que prepararte el desayuno –ella sabía que estaba hablando por hablar, pero tenía que recordarse lo que era importante–. Tú deberías estar en el gimnasio.

–Ya he hecho mi ejercicio matinal.

Lo dijo en un tono tan sensual que no pudo evitar mirarlo, y se le paró el pulso cuando él se levantó de la cama y se quedó desnudo delante de ella. Le flaquearon las rodillas y sintió palpitaciones en los oídos por la perfección de su torso, por sus poderosos muslos y por su pelo despeinado. Si alargaba una mano, volvería a caer entre sus brazos sin dudarlo ni un segundo.

–Eso ha sido cardio –replicó ella desviando la mirada–. Tienes que equilibrarlo con pesas y…

Él la agarró de la cintura, le puso unos dedos debajo de la barbilla y le levantó la cabeza. Ella se derritió mientras él la besaba autoritariamente. Enredó la lengua con la de él y gimió cuando la agarró del trasero para estrecharla contra la erección creciente. Clavó los dedos en sus hombros mientras él le devoraba la boca. El resto del mundo se desvaneció y quedó atrapada en un torbellino donde lo único que la anclaba al suelo eran sus músculos graníticos, sus poderosas manos y su apasionada boca.

Cuando dejó de besarla y la miró, estaba dominada por el deseo. Haría, encantada de la vida, cualquier cosa que él le pidiera. Él le miró los labios hinchados, le pasó los nudillos por los pezones endurecidos y esbozó media sonrisa de satisfacción.

–Voy a llevaros a desayunar, a Honey y a ti. Tienes media hora para arreglarte.

Le dio media vuelta y un cariñoso azote en el trasero antes de que ella pudiera explicarle que todavía no se había repuesto de la actividad matinal como para que la vieran en público con él. Estaba en el pasillo antes de que pudiera pensar con coherencia y cuando lo consiguió, él ya había desaparecido en el cuarto de baño principal.

Comprobó que Honey seguía dormida y decidió que se daría una ducha de agua fría para recuperar el equilibrio. Si quería que eso saliera bien con Linc, tenía que encontrar la manera de darle todo en el dormitorio sin darle nada fuera de él. Era complicado, pero tenía que conseguirlo si quería disfrutar de esos momentos con él.

Capítulo Ocho

Linc, la mañana de la fiesta de su madre, se despertó solo en la cama y con un presentimiento. Las últimas noches con Claire habían sido las mejores de su vida. Su pasión y desinhibición lo habían llevado a darle más placer cada vez que hacían el amor, y ella le había sorprendido al ser una amante curiosa y sensible y dispuesta a cualquier actividad. La timidez que mostraba muchas veces desaparecía en el dormitorio, y eso le intrigaba.

Él había hablado sobre cómo había sido su vida antes de que salieran a la luz las operaciones ilegales de su padre, pero ella había pasado de puntillas por sus vivencias de infancia en San Francisco y le había dejado la imagen difusa de una niña solitaria y descuidada por su padre después de que su madre los abandonara.

Tampoco había conseguido sacar su relación a la luz del día. Ella recuperaba el papel de empleada en cuanto salía el sol. Por eso sacó el asunto que le preocupaba cuando se la encontró en la cocina repasando la lista de tareas para la fiesta de su madre.

–No me convence lo de andar subiendo y bajando escaleras.

–¿Qué…? –preguntó ella sin haber entendido nada.

–Tú y yo tenemos una relación y quiero que sea algo más que una relación sexual.

Ella tuvo la audacia de sonreírle, pero la sonrisa se esfumó en cuanto vio que él seguía mirándola con un gesto serio.

–Entiendo lo que quieres decir, pero las cosas tienen que ser así.

–No me gusta.

–Linc, se realista. No puedes exhibirme como la mujer con la que te acuestas…

–Con la que salgo –la interrumpió él.

–Porque nunca me aceptarían –terminó ella con una mueca y sacudiendo la cabeza.

–Eso no es verdad. A ninguno de mis amigos les importa un rábano con quién salgo si soy feliz.

–¿De verdad? –ella ladeó la cabeza–. Entonces, ¿apoyaban que te casaras con London?

Él pensó en la conversación que había tenido con Knox.

–Eso es distinto. Le preocupaba que no fuese la indicada para mí.

La expresión de Claire lo dijo todo y Linc resopló con fastidio.

–No porque no fuera de una familia ancestral de Charleston sino porque no estaban seguros de que me amara.

–¿No se te ha ocurrido pensar que serán más escépticos todavía sobre mis motivos? London tiene mucho dinero y dirige una empresa próspera. Marca tendencias y está muy bien relacionada. Yo soy tu empleada doméstica –Claire puso un gesto de asco–. Solo somos un caso muy manido. Me considerarán una oportunista y nada más.

–No lo harán en cuanto te conozcan.

–No me aceptarán –insistió ella sacudiendo la cabeza.

–Ni siquiera quieres intentarlo.

–Tienes razón. Me da miedo –Claire se sonrojó–. Se me da muy mal hacerme valer. Ya ni sé la cantidad de veces que he dejado que me pisotearan –hizo una pausa y lo miró con los ojos duros como el granito–. Esta ciudad es elitista, criticona y cerrada. ¿Por qué ibas a querer estar con una mujer que no encaja?

Estuvo a punto de insistir en que a él le daba igual cuando cayó en la cuenta de que eso era lo de menos. A Claire no le daba igual por su propia tranquilidad de espíritu, por la reputación de él y por lo que podía afectarle a su madre.

–Ojalá pudieras confiar en mí –murmuró él al cabo de un momento.

Claire sintió un escalofrío por la vibración en su voz.

–No se trata de confiar en ti –replicó ella con poco convencimiento.

A juzgar por lo poco que le había contado de su pasado, estaba seguro de que cada vez que había tenido que confiar en alguien, la habían decepcionado. Pensó en lo que le había pasado a su madre cuando su padre fue a la cárcel primero y luego se divorció. ¿Qué habría sido de ella si Sawyer y él no hubiesen estado allí para apoyarla?

Él había pensando muchas veces que le parecía raro que Claire se hubiese mudado a Charleston y que hubiese puesto todo un país de distancia entre su familia y ella.

–Jamás haría algo que te hiciese daño.

–Eso no me preocupa –Claire tomó aire y suspiró para soltarlo–. No es que no confíe en ti, es que no confío en mí. Algunas veces no me protejo bien y me hacen daño. Ya sé que tú no vas a hacerme daño, no va con tu forma de ser, pero no puedes contralarlo todo o a todos.

Él empezaba a entender sus agobios.

–Entonces, no pasa nada por acostarnos siempre que no se entere nadie.

–Por el momento. Está dando resultado para los dos por el momento –ella se encogió de hombros–. Cuando eso cambie, el final será menos doloroso si lo mantenemos todo dentro de los límites.

En resumen, estaba diciéndole que no quería tener una relación sentimental con él. Había acertado al pensar que no había superado la pérdida de su marido. Además, ¿no era él el hombre perfecto con el que pasar el rato? Para ella, esa relación ya tenía fecha de caducidad. Unas semana o, como mucho, un mes. Para él, sería una relación sexual reparadora, un puente entre London y la próxima mujer con la que se comprometiera de verdad.

Quiso darle un puñetazo a algo. Eso no era lo que había esperado cuando había ido detrás de Claire, pero, al parecer, eso era todo lo que ella estaba dispuesta a ofrecerle.

–Muy pragmático por tu parte. Creo que será mejor que vaya al gimnasio y haga un poco de ejercicio antes de la fiesta.

Esperó un instante a que ella dijera algo. Pero no habló. Se dio media vuelta y salió de la cocina.

Llegó media hora antes de la fiesta a casa de su madre porque sabía que estaría muy nerviosa. Lo recibió en su dormitorio, donde estaban maquillándola. Sawyer también había llegado y estaba sentada en la butaca del rincón observando la transformación de su madre.

Le guiñó un ojo cuando entró.

—Acércate para que pueda verte bien —le ordenó su madre.

Linc obedeció. Se había puesto un traje azul marino, una camisa blanca y una corbata azul claro con rayas. Cuando la eligió, se había imaginado a Claire sonriéndole mientras comentaba que ese azul entonaba con sus ojos.

—¿Me das tu visto bueno? —preguntó él al ver la sonrisa de su madre.

—Me siento orgullosa de ti.

Bettina miró a Sawyer, que llevaba un vestido negro ceñido que dejaba ver sus firmes brazos y piernas, y frunció el ceño.

—Todavía tienes tiempo si quieres irte a casa para cambiarte, para ponerte algo un poco más colorido, por ejemplo.

—Me gusta lo que llevo —Sawyer se levantó y fue hacia la puerta—. Además, todo el mundo va a concentrarse en Linc, ni siquiera se darán cuenta de que yo estoy ahí.

Desapareció por la puerta antes de que su madre pudiera hacer algo. Linc miró a su hermana con un gesto divertido, hasta que cayó en la cuenta de lo que había dicho. Sería la atracción principal. La idea de que casi todas las mujeres que asistieran a la fiesta tuvieran la vista puesta en convertirse sus esposas significaba que decepcionaría a muchas personas durante esa noche.

—Voy a por una copa —murmuró él con las manos en los hombros de su madre y mirándola en el espejo—. Estás muy guapa.

–No bebas mucho. Acuérdate de que la fiesta es un maratón, no un *sprint*.

–Pero estoy muy contento cuando bebo –bromeó él.

En realidad, aguantaba muy bien el alcohol y solía dejarlo antes que sus amigos. Lo que le faltaba era que le sorprendieran en una situación comprometida porque había bebido demasiado y que apareciera en todos los medios de comunicación.

–Intentamos que des una buena impresión –replicó su madre con una seriedad fingida.

–Todo el mundo me encuentra encantador e irresistible. Estaré quitándomelas de encima al final de la fiesta.

–Eso espero. No todo el mundo está convencido de que seas un buen partido.

Él captó que eso le preocupaba a su madre y creyó que podía entender el motivo.

–Me da igual lo que piensa la gente y tú serías mucho más feliz si hicieras lo mismo. Hay muchas personas, estrechas de mente, que creen que su posición social les da derecho a juzgar a los demás. Las personas que se aprovecharon de otros cuando papá los metió en esa estafa piramidal son las mismas que se consideran mejores que él, pero actuaron igual de mal.

–Tu padre hizo cosas espantosas para todos nosotros.

–Por eso deberías estar orgullosa de todo lo que has logrado.

Su madre puso una expresión de desolación, algo que no hacía nunca.

–¿Qué hice aparte de daros techo y comida? Incluso eso fue complicado hasta que empezaste a aportar algo de dinero –Bettina sacudió la cabeza–. Además, no pienses ni por un segundo que no sé perfectamente que acabé casándome con tu padre por mi empeño en destacar en la sociedad. Si no me hubiese obsesionado tanto con el nombre Thurston, podría haber elegido a un hombre íntegro. En cambio, elegí a uno sin el más mínimo cerebro y le hice creer que tenía que correr riesgos absurdos para mejorar nuestra posición social.

Linc no soportaba oír a su madre culpándose de las malas decisiones de su padre.

–Él prefirió fiarse de los atajos que del trabajo.

–No tenía ninguna ambición.

Por eso, al salir de la cárcel, se divorció de Bettina para casarse con una forastera muy adinerada.

–Sabes que he llegado a donde he llegado gracias a que creíste en mí. ¿Y Sawyer? Es alguien esencial para la conservación de la ciudad. ¿Crees que habría tenido esa pasión por conservar la historia de Charleston si no hubiese oído las historias que nos contabas cuando éramos pequeños?

–Sois los únicos que me hacéis feliz y quiero lo mejor para vosotros.

–Lo sé –reconoció Linc apretando un poco el hombro de su madre.

–Por eso doy esta fiesta, para que puedas conocer a algunas mujeres apropiadas.

–Vete a ver qué tal se apaña Claire –le pidió su madre–. Quiero que esta noche todo salga perfecto.

–Estoy seguro de que lo tiene todo controlado, pero iré a ver si necesita algo.

Linc bajó las escaleras, asomó la cabeza en la cocina y se encontró a Claire, muy tranquila, dándoles instrucciones a los camareros. Decidió que todo iba sobre ruedas y fue a buscar a Sawyer. La encontró charlando con el encargado de la barra que habían instalado en la terraza acristalada del salón.

–Hola –le saludó Linc mirando la bebida que tenía Sawyer en la mano. ¿Ya estás empezando…?

–No es asunto tuyo, pero es agua con gas –Sawyer dio un sorbo y cambió de conversación–. ¿Crees que ha sido una buena idea que hayas invitado a todos tus amigos esta noche?

–Muy buena. Austin, Knox y Roy han estado buscando… material nuevo.

–Qué asco… –replicó ella con una mueca.

–Te apuesto lo que quieras a que todos ligan esta noche.

–Acepto la apuesta. Me ocuparé de prevenir a todas sobre tus amigotes.

A Linc le divirtió la idea.

–No todos son tan malos… –comentó él para comprobar una teoría que tenía–. Knox, por ejemplo, es estupendo.

–No es mejor que los demás.

Aunque miró con detenimiento a su hermana, ella no dio ninguna señal que corroborara la idea que tenía de que le gustaba su mejor amigo. Tendría que presionar un poco más.

–Eso no es verdad. En realidad, creo que está interesado sinceramente en alguien.

–¿Por qué lo dices? –preguntó ella.

–Porque, que yo sepa, no se ha llevado a ninguna chica a su casa desde que volví a Charleston y hay muchas noches que no sale con nosotros.

Sawyer agitó una mano para quitarle importancia a la teoría.

–Eso no quiere decir que esté interesado en

alguien. Es posible que esté muy ocupado o que esté harto de salir a beber todas las noches con una pandilla de adolescentes de treinta y tantos años.

–Hay algo más –Linc sacudió la cabeza–. Conozco a mi amigo. Solo deja de acostarse con mujeres cuando está saliendo con alguien.

–Son imaginaciones tuyas.

–Como tú…

Esperó que esa vez ella se fuera de la lengua y reconociera que estaba saliendo con alguien, con alguien como Knox.

–¿Yo qué?

–Creo que estás saliendo con alguien. He puesto a Knox en tu pista. Es cuestión de tiempo que adivine quién es y me lo cuente.

–¿Por qué te importa? –preguntó Sawyer con el ceño fruncido por la perplejidad.

–Tengo que dejarle las cosas claras sobre ti –a Linc le encantaba el papel de hermano mayor y protector–. Es importante que sepa que si te parte el corazón, tendrá que vérselas conmigo.

–Qué bonito –replicó ella con ironía–. No hace falta que te preocupes. Nadie va a romperme el corazón y, además, ¿qué pasaría si fuese más grande que tú y te zurrara?

Linc se rio. Medía un metro noventa de puro músculo y eso no le preocupaba.

–Bueno, eso no va a pasar.

–No va a pasar porque no hace falta que pase –Sawyer vació el vaso e hizo un gesto para que se lo rellenaran–. No hace falta que te ocupes de mí, ya soy mayorcita.

–Pero tengo el cometido de ocuparme de ti y de mamá.

Su padre no lo había hecho nunca, ni siquiera antes de que pasara por la cárcel.

—Qué encanto... Ocúpate lo que quieras de mamá, pero yo puedo ocuparme de mí misma.

—Muy bien. Entonces, contéstame a una cosa, ¿estás saliendo con alguien?

—¿No deberías estar recibiendo a tus invitados?

—Todavía no ha llegado nadie.

—Entonces, ¿por qué no vas a incordiarle a Claire? También puedes darle la tabarra al camarero para cerciorarte de que la barra tiene el bourbon que tiene que tener.

—¿Por qué no me contestas la pregunta? —la expresión de su hermana le indicaba claramente que no iba a conseguir nada, pero eso no le impidió seguir insistiendo—. ¿Alguna vez has pensado en salir con Knox?

—Creía que habías dicho que ya estaba interesado por alguien...

—A lo mejor eres tú.

Sawyer abrió los ojos como platos y sacudió la cabeza con vehemencia.

—¿Tu mejor amigo y yo? Eso es una receta desastrosa.

—No estoy de acuerdo. Los dos tenéis muchas cosas en común, como el amor por conservar los edificios antiguos de Charleston. Creo que si alguna vez decidiera sentar la cabeza, tú le irías bien.

—Pero ¿me iría bien él a mí?

—Tienes razón.

Conocía lo bastante a su hermana como para saber cuándo había llegado el momento de parar. Si bien creía que Knox y ella serían una pareja perfecta, jamás lo serían si les apretaba las tuercas.

—Olvida todo lo que he dicho —añadió Linc.

Sawyer no dijo nada durante un buen rato, pero él se mordió la lengua hasta que su paciencia se vio recompensada.

—Es verdad que tenemos muchas cosas en común.

—¿Quieres que le diga que te invite a salir?

—¡Linc! No. Olvídalo. Ni se te ocurra decirle algo.

—Demasiado tarde, ya le he metido la idea en la cabeza.

—Linc Thurston, ¿cómo te atreves a entrometerte en mi vida amorosa?

—Como diría nuestra madre, solo quiero que seas feliz.

—Entonces, ocúpate de tus asuntos y no vuelvas a hablar de esto jamás.

—Sabes que no puedo hacerlo. He heredado el gen entrometido de nuestra madre.

Sawyer, para su sorpresa, le rodeó el cuello con los brazos y le dio un abrazo muy fuerte.

—Todo nos saldrá bien, ya lo verás —murmuró ella.

Linc la abrazó y agradeció su cariño.

—Espero que tengas razón.

Sin embargo, solo podía pensar en la fiesta interminable que se avecinaba y en cómo iba a sobrellevar cierta morena de ojos marrones que docenas de mujeres flirtearan con él durante toda la noche. Solo esperaba que le espantara tanto como iba a espantarle a él.

Claire, con un montón de platos limpios, echó una ojeada a los invitados y a los camareros para cerciorarse de que todo iba como la seda. Además de que Jenny y Steven llevaran bandejas con canapés y copas de vino, había dejado distintos aperitivos en un par de sitios fijos. Ella, cada quince minutos más o menos, daba una vuelta por la fiesta.

Podía parecer que estaba demasiado encima de todos, pero supervisar lo que se hacía le permitía no fijarse en las mujeres tan guapas que habían ido y no preguntarse cuál de ellas acabaría con Linc. Automáticamente, recorrió la habitación con la mirada para buscarlo. Sintió una opresión en el pecho cuando lo vio en un grupo con sus amigos y una rubia que ya conocía. Everly Briggs parecía muy cómoda mientras tocaba el brazo de Linc como si quisiera enfatizar todo lo que decía.

Aunque había visto a muchas mujeres que rivalizaban por captar la atención de Linc esa noche, verla con Everly hizo que se le revolviera un poco el estómago. Quizá fuese porque esa mujer hubiese sido muy descarada en la tienda de comestibles. Además, aunque creía que había sido tan directa más por curiosidad que por mala intención, no podía evitar que le inquietara que hubiese aparecido allí esa noche. ¿Se atrevería a repetirle a Linc los rumores que le habían contado a ella?

—Claire, ¿te pasa algo? —le preguntó Jenny.

Dejó de mirar a Everly y a Linc y vio que la camarera estaba a su lado con una bandeja de vasos y platos sucios.

—No, nada —contestó Claire mientras señalaba disimuladamente a Everly—. Hace unas semanas me topé en la tienda de comestibles con la rubia que está al lado de Linc y cometí el error de decirle que trabajaba para él. ¿Sabes algo de ella?

–¿Everly Briggs? Es muy conocida en el circuito de las organizaciones benéficas.

–Eso me cuadra. Quería contratarme para un acto o algo así. ¿A qué se dedica?

–Tiene una empresa de marketing –Jenny bajó la voz–. El año pasado hubo un escándalo monumental en el que estuvo mezclada su hermana. Fue a la cárcel por haberle pasado unos documentos estratégicos a la competencia de su patrón. Según oí, valían más de dos millones de dólares.

–¿Por qué lo hizo?

–Al parecer, creía que iban a despedirla y quería vengarse antes de que lo hicieran. Además, creyó que así podría conseguir un empleo en la competencia.

No le sorprendió lo más mínimo que Jenny supiera todo eso. Había oído retazos de distintas historias esa noche y se movía entre la gente. Ese grupo parecía nutrirse del cotilleo y se los contaban todos.

–Pues es un disparate –comentó Claire–. ¿Por qué creería que era una buena idea?

–No lo sé. Es posible que los disparates sean cosa de familia.

–¿Debería avisarle a Linc?

A él no le convenía alguien así en su vida.

–No –contestó Jenny mirándola de soslayo–. No creo que sea el tipo de Linc.

La sonrisa maliciosa de Jenny la sorprendió con la guardia baja, pero se repuso enseguida.

–No era lo que estaba pensando.

–Claro.

–Es verdad –Claire sacudió un poco la cabeza–. Aunque creo que podría elegir mejor.

–Desde luego, tiene donde elegir en esta fiesta. Me pregunto si le gusta o le desquicia recibir tanta atención.

–A la mayoría de los hombres les encantaría que todas estas mujeres los adularan –comentó Claire–. Por otro lado, Bettina ha dejado muy claro que iba a dar esta fiesta para que conociera a algunas mujeres casaderas y, a ser posible, empezara a salir con alguna de ellas. Me imagino que Linc tiene que sentirse un poco como un trofeo.

Cada una de las mujeres siguió su camino. Jenny fue a la cocina para dejar los platos sucios y Claire siguió comprobando que todo iba bien. Saludó a algunos de los amigos de Linc cuando pasó a su lado. Al parecer, Linc no había querido verse las caras solo con esa horda de mujeres dispuestas a casarse. Vio que Knox y Sawyer charlaban animadamente y se preguntó si habrían intentado salir juntos o si Linc no se fiaba de que su hermana pequeña saliese con su mejor amigo.

Comprobó lo que había detrás de la barra portátil y se fue a la cocina para ver cómo estaban las cosas allí.

–¿Qué tal van las cosas? –le preguntó a Trudy–. ¿Estamos quedándonos cortos de algo?

–Las tostadas de cangrejo están teniendo mucho éxito. Menos mal que hemos hecho más de las que habías pensado al principio.

–Sí, en esta ciudad les gusta mucho el marisco.

Todo salió tan bien durante las horas siguientes que fue casi decepcionante. Hacia las diez, calculó que se había marchado un tercio de los invitados. La fiesta estaba desinflándose y a ella solo le quedaba recoger y marcharse.

Miró disimuladamente alrededor mientras recogía los platos para comprobar si había alguien que quería quedarse a solas con Linc. Cada vez que había dado una vuelta por la habitación, lo había visto hablando con una mujer distinta.

Linc apareció a su lado. Sus dedos largos y cálidos la agarraron del brazo y el corazón le dio un vuelco.

—Otro éxito. La comida ha sido fantástica y todo Charleston sabrá muy pronto quién eres.

Claire se sintió un poco mareada por sus halagos.

—Estoy segura de que ya saben que soy tu empleada doméstica.

—Me refiero al partido de polo. Causarás gran sensación y estoy seguro de que mi madre te pondrá por las nubes entre sus amigas.

—Parece como si intentaras librarte de mí…

—Ni mucho menos, pero varias personas me han comentado últimamente que estás desperdiciando tu talento como empleada mía. He pensado que a lo mejor no montabas una empresa de cáterin por lealtad hacia mí.

Él lo dijo con una sonrisa, pero sus ojos azules estaban serios.

—No lo haré nunca —ella sintió que se encogía por dentro solo de pensar en abandonarlo—. No tengo ni dinero ni conocimientos para montar una empresa.

—¿Y si los tuvieras?

Aunque le emocionaba que tanta gente tuviera fe en su cocina, también le abrumaba la presión de triunfar.

—No tengo ni el tiempo ni las ganas. Sabes que

Honey es mi prioridad absoluta. Además, hay muchas empresas de cáterin muy bien asentadas en Charleston. No creo que pudiera competir –ella sonrió con ironía–. Me temo que no vas a librarte de mí.

Él también sonrió, para alivio de ella.

–Me alegra saberlo, pero no quiero ser un obstáculo si crees que hay algo que puede ser mejor para Honey y para ti.

–Ya sé que debo de parecer poco ambiciosa, pero estoy contenta donde estoy –esa situación le permitía que los padres de Jasper no la localizaran–. Entonces, ¿has elegido alguna? –le preguntó ella para cambiar de conversación.

–¿Elegido alguna…? –repitió él con el ceño fruncido.

Ella señaló alrededor con la barbilla. ¿No se había dado cuenta de cómo lo habían mirado esa noche? Todas y cada una de las mujeres, menos Sawyer, habían aspirado a convertirse en la esposa de Lincoln Thurston.

–Tu madre y tu hermana han traído hasta tu puerta a todas las mujeres casaderas de Charleston. Solo tienes que elegir.

–La verdad es que todas me parecen iguales. Ninguna destaca ni me apetece conocerla –reconoció él con un suspiro.

–No les has dado una oportunidad –insistió Claire, aunque esperaba que tardara en decidirse por una. Por el momento, le encantaba tenerlo para ella sola–. Deberías elegir tres esta noche e ir invitándolas a cenar.

–No me puedo creer que estés conforme con todo esto –replicó él con rabia en los ojos.

–Soy realista –Claire esperó que su voz no delatara que era mentira–. Es lo que tiene que acabar pasando.

–No tiene que pasar así.

–Sabes que sí. Es posible que a ti no te importe casarte con una mujer que tu madre no aprueba, pero estoy segura de que a London le dolía saber que Bettina nunca la aceptaría plenamente.

Entonces, una rubia muy guapa apareció al lado de Linc y lo agarró de un brazo. A juzgar por lo que había visto, Charleston estaba lleno de rubias esbeltas y elegantes con dentaduras perfectas y modales impecables. Casi tuvo lástima de Linc por tener que elegir una.

–Por fin –comentó la recién llegada como si él no hubiese estado hablando con nadie–. Llevaba toda la noche esperando la ocasión de echarte el guante, pero has estado rodeado…

–Phoebe Reed –Linc hizo un gesto para señalar a Claire–, te presento a Claire Robbins. Es la creadora de toda esa comida deliciosa.

La rubia, obligada a ser cortés, apartó la mirada de Linc, miró a Claire y le hizo un ligero gesto con la cabeza.

–Estoy segura de que todo estaba buenísimo –después de haber cumplido, volvió a dirigirse a Linc–. Tu hermana me ha contado que vas a participar en la gira de casas adornadas. Estoy deseando ver qué has hecho en la casa de John Elliot.

–Tengo que volver a la cocina –murmuró Claire.

Desapareció entre la menguante multitud antes de que Linc pudiera retenerla. Le habría encantado quedarse con Phoebe y esa docena de mujeres guapas, adineradas y bien relacionadas que habían acudido allí para conocer a Linc, pero tenía trabajo. Tomó una de las grandes bandejas que había llevado de la cocina y empezó a recoger platos y vasos vacíos. Los invitados fueron marchándose poco a poco mientras ella trabajaba. Iba por la tercera ronda cuando alguien se dirigió a ella.

–Hola –la voz femenina le pareció conocida–. Eres Claire, ¿verdad?

Se dio la vuelta, se encontró con Everly Briggs y se le revolvió el estómago.

–Sí –contestó ella con cautela y una sonrisa cortés en los labios–. Tú eres Everly.

Se moría de ganas de preguntarle por qué conocía a Bettina, pero supuso que Everly entraba en la misma categoría que la mayoría de las mujeres que habían asistido a la fiesta: pertenecía a la élite social de Charleston.

–Me han dicho que te has ocupado de la comida de esta noche. Sabía que tenías talento.

El entusiasmo de la mujer no conseguía ganarse a Claire. Claire se había quedado desasosegada por el encuentro en la tienda de comestibles, por las suposiciones que había hecho Everly y por su aparición allí esa noche.

–Gracias.

Claire miró a un lado con la esperanza de que Everly captara la indirecta y la dejara seguir haciendo lo que tenía que hacer.

–Supongo que te sorprenderá un poco verme aquí –siguió Everly sin hacer caso de la señal de Claire.

–Un poco.

Claire quería cortar aquello, pero la curiosidad se imponía fácilmente. Si Jenny no le hubiese hablado de la hermana de Everly, quizá le hubiese dado igual. Al fin y al cabo, todo el mundo estaba relacionado de alguna manera en ciertos círculos de Charleston.

—Después de nuestra última conversación, me pareció que no conocías a Linc.

—No lo conocía. Me pegué a una amiga, Augusta Hobbes —Everly le dirigió una sonrisa cómplice—. Aunque habíamos coincidido en algunos actos, no conocía a Linc. Es tan maravilloso como dijiste.

¿Cuándo había dicho ella que era maravilloso?

—Entiendo que te guste trabajar para él —siguió la mujer—. Es muy auténtico… y muy guapo y muy rico. ¿Cómo has conseguido estar tan cerca de él todo este tiempo sin enamorarte?

Claire notó que se sonrojaba bajo la penetrante mirada de esa mujer, pero consiguió mantenerse impasible.

—Es mi jefe.

—Ya lo sé —Everly esbozó una sonrisa maliciosa—, pero ¿no has fantaseado ni un poco con él?

—No —Claire, con las mejillas abrasándole, miró inexpresivamente a la mujer hasta que consiguió hablar—. Si me perdonas, tengo mucho trabajo por delante.

—Claro, pero antes, estaba preguntándome si no podríamos quedar a almorzar a principios de la semana que viene para comentar el menú del partido de polo.

Claire no se había esperado algo así.

—¿Participas en el acto?

—Sí. No pude ir a la reunión de la semana pasada, cuando Genevieve y Portia te pidieron que te ocuparas de la comida, pero la comida es responsabilidad mía y quería comentar el menú contigo.

A ella le habría gustado que hubiese empezado por ahí y no por Linc, pero se relajó un poco.

—Claro. ¿Cuándo te parece bien?

—¿Podrías el lunes o el martes?

—Sí, ¿quedamos el martes a la una?

—Perfecto. Podemos encontrarnos en Magnolias.

—Muy bien. Ahora, de verdad, tengo que volver a la cocina.

Claire fingió que había visto a alguien que necesitaba su ayuda porque el instinto le decía que tenía que alejarse de esa mujer.

—Estoy deseando que llegue el martes.

La frase de Everly la persiguió mientras se alejaba apresuradamente.

Capítulo Nueve

Linc tuvo que acudir a la mañana siguiente a casa de su madre para informarle. Ella quería saber su opinión sobre las mujeres que había conocido y que le diera algún indicio de que pensaba quedar con algunas de ellas.

Cuando llegó, Bettina estaba sentada a la mesa del comedor comiendo y le ordenó a Dolly que le sirviera una taza de café a él antes de que se sentara.

—Me pareció que la fiesta de anoche salió muy bien —comentó su madre sin más preámbulos—. La hija de Lyla Madison está muy preparada y tiene ese tipo de belleza que envejece bien.

—¿Cuál era? —preguntó Linc.

—La morena vestida de rosa. Es auditora. Hablaste como media hora con ella.

—Lo siento. Había muchas mujeres y he mezclado los nombres.

—Linc, necesito que te lo tomes en serio —Bettina lo miró fijamente antes de volver a hablar—. Tienes que casarte con alguien de nuestro círculo social

A él le espantaba decepcionar a su madre, pero tenía que soltar algo que le oprimía el pecho.

—¿Qué pasaría si me enamorara de alguien que no es de una familia de Charleston de toda la vida?

—¿Te has enamorado…?

Linc titubeó ante la pregunta de su madre.

—¿Se trata de Claire? —siguió Bettina—. He visto

que estás a gusto con ella, pero es tu empleada doméstica.

–Me da igual.

–Estás actuando como tu padre –Bettina resopló–, estás haciendo algo sin tener en cuenta las consecuencias.

–No soy como mi padre –replicó él con los dientes apretados.

–Reconozco que no te habías portado como él hasta ahora –Bettina tiró la servilleta encima de la mesa–. Linc, sinceramente, ¿lo has meditado un poco? Tienes una posición social…

–Nunca has aceptado que eso me diese igual.

Había esperado que se encontraría resistencia al acudir allí, pero no estaba preparado para defender su porvenir con Claire porque todavía no sabía lo que quería.

–Entonces, ¿qué es lo que te importa?

–Me importa Claire.

–Eso está muy bien… –su madre lo miró con desesperación–. Y yo siempre he dicho que la felicidad de mis hijos está por encima de todo, pero…

–Ella me hace feliz –Linc fue tajante–. Es una mujer increíble y una madre maravillosa. Tenemos una sintonía increíble, con Honey y ella me lo paso como no me lo paso con nadie –añadió él con una voz más firme cada vez que decía una frase.

–Entonces, ¿qué piensas hacer? ¿Vas a casarte con Claire y a convertirte en el padre de Honey? –preguntó Bettina en tono escéptico–. ¿Es eso lo que quiere ella?

Linc mentiría si dijera que lo tenía todo resuelto, pero ya que le hacían la pregunta, la respuesta le pareció muy clara.

—Creo que nos encaminamos a eso. Además, si alguien tiene algo negativo que decir sobre ella o sobre el asunto, tendrá que vérselas conmigo.

Su madre entrecerró los ojos y lo miró un rato antes de asentir con la cabeza.

—Si lo pones así, aceptaré a Claire, naturalmente.

—¿Sin más? —Linc no pudo evitar cierto recelo por esa repentina rendición de su madre—. Después de todo lo que dijiste sobre la falta de abolengo de London, ¿vas a aceptar de repente que tenga una relación con mi empleada doméstica?

—Nunca peleaste por London.

Fue más una acusación que la constatación de un hecho. Bettina era especialista en retorcer las cosas hasta que él ya no sabía qué hacer o pensar.

—Tampoco tendría por qué haberlo hecho.

—Independientemente —su madre puso un gesto de censura—. Jamás saliste en su defensa.

Linc no podía entender a dónde quería llegar.

—¿Qué importa? London era fuerte y podía defenderse sola.

—¿Estás diciendo que Claire no es fuerte?

—Es posible que no pueda defenderse siempre, pero hará lo que sea para que Honey esté a salvo.

—Estoy de acuerdo respecto a Claire, pero te equivocas respecto a London. Necesitaba que la respaldaras, pero tú no lo hacías. Estuve esperando a que partieras una lanza por ella y cuando no lo hiciste, supe que no era la mujer que te convenía.

Linc miró con detenimiento a su madre mientras asimilaba lo que había dicho.

—¿Estás queriendo decirme que no te importaba que London fuese una... forastera? ¿Solo estaba utilizándolo para poner a prueba nuestro amor?

–Exactamente.

–¿Querías que te convenciera de que estaba locamente enamorado de ella?

–No lo hiciste –contestó su madre–. Nunca me creí que London fuese la mujer más importante de tu vida, y ella tampoco. Por eso no se sentía segura en vuestra relación, por eso era tan ansiosa y controladora.

¿Era eso verdad? ¿Había defraudado a London? Lo que había dicho su madre tenía sentido. London y él habían estado prometidos dos años y no habían fijado la fecha de la boda. Ella lo había intentado varias veces, pero él siempre había encontrado una excusa. ¿Fue porque a medida que pasaban los meses menos convencido estaba él de que fuese la mujer acertada? ¿Acabaría pasándole lo mismo con Claire?

No podía imaginarse que no quisiera estar con ella. En realidad, cuando estaban separados, se ponía impaciente por tenerla solo para él. ¿Era eso amor? No había sentido eso con London.

¿Qué pasaría si Claire no sentía los mismo por él? Había dejado muy claro que solo le interesaba una relación. ¿Se lo había dicho porque no creía que él fuese a querer nada más o porque no había dejado de llorar a su difunto marido?

Después del partido de polo iban a tener una conversación muy seria sobre hacer pública su relación. La única manera de que Claire creyera que tenían un porvenir juntos era que él le demostrara que iba a luchar para que lo tuvieran.

***

Claire, después de una mañana muy divertida con Linc y Honey en el acuario, no tenía ganas de ir a almorzar con Everly Briggs para hablar de trabajo, pero se había comprometido a ocuparse de la comida del partido de polo.

Cuando llegó al restaurante, la camarera la llevó a la mesa donde estaba su acompañante.

–Eres puntual –comentó Everly mientras se sentaba enfrente de ella– No sabes cuánto lo agradezco. Hay mucha gente que no valora el tiempo de los demás. ¿Dónde está tu hija? Esperaba verla.

–La he dejado en casa. Esta mañana hemos ido al acuario y está bastante cansada. Además, es una comida de trabajo y no me ha parecido apropiado traerla.

–Claro. ¿Se ha quedado con Linc Thurston? Creo que la semana pasada la llevó al Museo Infantil, ¿no? –Everly parecía encantada–. Qué suerte para ti tener el canguro en casa…

Claire dominó el ataque de pánico.

–Solo me ayudó esa vez porque estaba haciendo la comida de la fiesta de su madre.

–No te preocupes –Everly esbozó una sonrisa muy amplia que no se reflejó en sus ojos–. No se me ocurriría decir nada.

–La comida de aquí parece buena, ¿me recomiendas algo?

–Todo está bueno –contestó Everly agitando una mano con indolencia.

Claire entró en materia en cuanto terminaron de pedir la comida. Esa mujer no la caía bien y no pensaba alargar la comida más de lo estrictamente necesario. Sin embargo, Everly no tenía pensado lo mismo.

–Evidentemente, con ese acento, no eres del sur –siguió la rubia mirándola fijamente con sus ojos verdes–. ¿De dónde es tu familia?

Aunque no le apetecía nada hablar de sí misma, supuso que no pasaría nada por contarle cuatro cosas.

–Me crie en California, en San Francisco.

Aclaró la ciudad porque se había dado cuenta de que había algunas personas en Charleston que creían que no había nada digno de conocerse aparte de Carolina del Sur.

–No he estado nunca en San Francisco, pero tengo entendido que hay mucha afición culinaria. ¿Por eso te hiciste cocinera?

No iba a explicarle que su padre no era de los que la llevaba a cenar a sitios elegantes ni que había trabajado de camarera durante casi todo el instituto y que le había fascinado todo lo que pasaba en las cocinas.

–Me crie viendo programas de cocina y empecé a hacer recetas cuando tenía nueve años.

–Supongo que tu madre agradecería que la ayudaras en la cocina. ¿Vas a transmitirle a tu hija tu pasión por la comida?

La verdad era que su madre los había abandonado cuando ella tenía siete años y a su padre no se le había dado bien la cocina. Por eso, tuvo que aprender a cocinar si no quería comer espaguetis de lata y perritos calientes.

–Honey ya da muestras de que será una cocinera excelente –contestó Claire.

–¿Tu marido también es cocinero?

Claire mantuvo la sonrisa en los labios, pero cada vez estaba más irritada.

–No, era militar.

–Entiendo –Everly asintió con la cabeza–. ¿Está destinado cerca?

–No –Claire miró el vaso de agua porque le espantaba la reacción de la gente cuando les contaba lo que le había pasado a Jasper–. Murió en acto de servicio hace unos años.

–Lo siento, es tremendo. Honey no conocerá a su padre...

Claire se calló y se hizo un silencio incómodo. Estaba acostumbrada a las condolencias de la gente, pero esa conversación parecía más un interrogatorio que a una charla distendida durante un almuerzo.

–Desgraciadamente, no fue el único niño que perdió a su padre aquel día –añadió Claire.

–Entonces, cruzaste todo el país y te viniste a Charleston. Fue un paso muy grande. ¿No echas de menos a tu familia?

–Quería empezar de cero –contestó Claire con vaguedad–. Charleston tiene una historia interesante y es muy bonita.

No pensaba contarle la historia de su familia y su relación con una de las familias fundadoras del Estado. Era muy posible que solo fuese un disparate que se había inventado uno de sus antepasados. En el siglo XIX, cuando viajar era muy complicado y había una guerra civil entre el norte y el sur, sería casi imposible demostrar que uno era el segundo hijo de una familia adinerada y bien relacionada. Además, aunque la historia fuese verdad, no podía imaginarse que unos familiares olvidados hacía más de cien años fuesen a recibirla con los brazos abiertos en su exclusivo grupo, y menos cuando se había criado en California.

Decidida a tomar las riendas de la conversación, se aclaró la garganta.

—¿Podrías contarme cómo organizaste la comida del partido de polo otras veces? ¿Es un bufé o una comida sentados?

Everly titubeó como si no quisiera hablar de trabajo. Hasta que agitó un poco los dedos y empezó a hablar.

—El dinero de este acto lo recaudamos vendiendo entradas para el partido y también ofrecemos cestas de comida. Tenemos cien cestas preparadas. Cada una cuesta trescientos dólares y da de comer a dos personas.

Claire asintió con la cabeza mientras tomaba notas en una libreta. Había investigado sobre la comida que se servía en un partido de polo y había pensado en unos sándwiches de carne asada, de jamón, de salmón y vegetales. Una bandeja con embutidos y quesos artesanos acompañados de una ensalada de col rizada o, quizá, una sopa fría… o las dos cosas. También, fruta fresca. Para beber, una botella de chacolí y zumos caseros.

Everly asentía mientras ella le desgranaba sus planes y fue relajándose.

—Otra idea sería ofrecer vinos elaborados por jugadores de polo.

Claire le enumeró unos cuantos que había encontrado.

—Vaya, eres muy minuciosa —comentó Everly sin disimular la sorpresa.

La camarera llevó la comida y cortó la conversación.

—Después de la cena de Bettina supe que eras una cocinera fantástica, pero tus propuestas de hoy son mucho mejores de lo que me esperaba. ¿Alguna vez te has planteado montar tu propia empresa de cáterin? Alguien de tu talento podría tener mucho éxito en Charleston. Yo tengo muchas relaciones y podría ayudarte a despegar.

—Eres muy amable —agradecía el entusiasmo de Everly—, pero no me interesa el cáterin a jornada completa.

—No entiendo por qué. Reconozco el talento en cuanto lo veo.

—Gracias, pero me gusta trabajar para Linc y no pienso dejarlo.

—Pero desperdicias tu talento —Everly tomó por fin el tenedor y dirigió su atención hacia la comida—. Podrías estar haciendo muchas más cosas que limpiar la casa de Linc Thurston.

—Si soy sincera, no sabría ni por dónde empezar para montar una empresa. Si voy a ocuparme de la comida de estos actos es porque Bettina es la madre de Linc y porque las integrantes de tu comité parecían en una situación desesperada.

—Entiendo que montar una empresa pueda parecer algo abrumador, pero también puedo ayudarte con eso. Pertenezco a una asociación de mujeres empresarias y tenemos la misión de animar y respaldar a las personas como tú.

—Es una misión digna de elogio, pero no tengo ni el tiempo ni el dinero de montar mi empresa de cáterin.

¿Por qué no dejaría de insistir esa mujer?

—Entiendo tus preocupaciones, pero estoy segura de que puedes resolverlo de alguna manera. No hace falta que lo hagas todo de golpe. Podemos reunirnos después del partido de polo y te plantearé algunas posibilidades. Tu comida es muy buena y sé que tendrías un éxito enorme.

Claire, al darse cuenta de que esa mujer no iba a tirar la toalla, sonrió levemente y asintió con la cabeza sin ganas. Ese encuentro con Everly había terminado de convencerle de que no quería montar una empresa de cáterin. La costaba imponerse, no había aprendido a mantenerse firme y luchar, siempre le resultaba más fácil salir corriendo.

Afortunadamente, mientras comían, pudo cambiar las tornas y consiguió que Everly le hablase de su vida.

Cuando terminaron y la camarera llevó la factura, Everly la tomó inmediatamente y dejó su tarjeta de crédito sin hacer caso de las protestas de Claire.

–Vas a salvarnos de un desastre –argumentó la rubia–. Lo mínimo que puedo hacer es invitarte a comer. Además, fui yo quien propuso comer aquí y sé que es un poco caro.

–Gracias –replicó Claire sin inmutarse por la sutil indirecta.

Por mucho que Everly halagara su talento como cocinera, siempre la consideraría la asistenta. Linc parecía no entender ese prejuicio o no quería reconocerlo a pesar de haberse criado en esa ciudad. Daba igual el éxito que tuviera o lo rica que fuese, siempre sería poco para Linc. Ojalá él también lo aceptara.

Claire estaba al lado de Linc y le maravillaba esa masa de caballos y jinetes que corría de un lado del campo al otro detrás de una bola blanca. El corazón se le aceleraba solo de oír el ruido de los cascos sobre la hierba. No se había esperado esa descarga de adrenalina.

Era el segundo partido del día. Se había perdido el primero porque había estado ocupada preparando las cestas de comida.

–¿Qué te parece? –le preguntó Linc.

Ella, sonrojada por el entusiasmo, apartó la mirada del campo y se dio cuenta de que algunas mujeres muy elegantemente vestidas con pamelas y lazos les prestaban más atención a Linc y a ella que al partido.

–Los espectadores parecen muy civilizados mientras que los jugadores rebosan energía y están un poco locos –contestó ella sonriéndole.

Se oyó un grito de la multitud cuando Ruby, una amiga de Sawyer, marcó otro tanto para las mujeres. Ese partido concreto era una batalla de sexos y, en ese momento, las mujeres estaban ganándola.

–¿Por qué tú no juegas? –le preguntó Claire a Linc.

Ella se había dado cuenta de que algunos de sus amigos estaban en distintos equipos.

–Me gusta tener los dos pies en el suelo cuando voy detrás de una bola blanca –contestó Linc sacudiendo la cabeza.

–¿Lo has intentado?

–Una vez, y no salió muy bien –añadió él con una sonrisa compungida–. ¿Sabes montar a caballo? Estoy seguro de que a Ruby le encantaría darte algunas lecciones de polo.

Aunque ella jamás había estado encima de un caballo, podía imaginarse lo apasionante que tenía que ser correr a galope tendido detrás de una bola.

–No creo…

–¿Por qué?

–Se tarda años en aprender a montar lo bastante bien como para jugar a esto.

–No jugarías a este nivel desde el principio. Estoy seguro de que tiene que haber muchos principiantes que juegan entre ellos.

Claire negó con la cabeza, aunque le produjo curiosidad. Aun así, no tenía ni el tiempo ni el dinero para jugar al polo.

–Linc, por fin te encuentro –era Landry Beaumont, otra mujer impresionante que tenía los ojos puestos en Linc–. ¿Dónde te has metido después del almuerzo? Falta muy poco para el descanso. Ven a conocer a mi hermano. Está en el equipo de Austin y podemos reírnos de ellos por estar perdiendo contra una pandilla de chicas.

Claire se esfumó mientras él estaba entretenido con Landry, pero tuvo sofocar el desencanto que le oprimía en el pecho.

Además, a juzgar por lo que había vislumbrado después de la fiesta de Bettina, todo el mundo apostaba por una relación entre Landry y Linc. Ella, con sus relaciones familiares, su belleza y sus intereses, parecía la chica indicada para él.

Claire, una vez terminado su trabajo, se dirigió hacia la salida con el corazón encogido. Desgraciadamente, Everly Briggs le frustró la escapada.

–No irás a marcharte, ¿verdad?

Everly llevaba un vestido vaporoso en distintos tonos pastel, una pamela con amapolas y gafas de sol.

–Ha sido un día largo y debo volver con mi hija.

–Entonces, me alegro de haberte encontrado. Lo has hecho todo de maravilla. ¿Tienes las facturas para que nuestra tesorera te haga un cheque?

Ella no quería retrasarse por nada del mundo, pero lo había pagado todo de su bolsillo y tenía que recuperarlo.

—Sí, tengo todas en el coche.

—¿Te importaría ir a buscarlas mientras yo busco a Deirdre?

—Claro.

Claire cruzó el aparcamiento hasta el Saab y recogió la carpeta con las facturas y los documentos que el comité le había pedido que rellenara para reembolsarle el dinero.

Volvió al sitio donde Everly y ella se habían separado, pero la otra mujer no había vuelto todavía. Mientras esperaba, miró alrededor para ver si encontraba a Linc. Lo vio con Austin y un hombre rubio que supuso que sería el hermano de Landry, ya que Ruby y ella también estaban.

—Vaya, mira quién está aquí —dijo una voz femenina que ella conocía muy bien.

Claire se dio la vuelta y vio al padre y a la madre de Jasper. Retrocedió al captar la satisfacción maliciosa en su rostro.

—Doug... Sharon... —Claire no podía dar crédito a lo que estaba viendo—. ¿Qué hacéis aquí...?

—Pareces sorprendida —comentó Doug Patmore con desdén—. ¿Creías que no íbamos a encontrarte?

El padre de Jasper, de estatura media, piel bronceada y rostro rechoncho, utilizaba la fuerza de su personalidad para intimidar. A ella jamás le había impresionado que invadiera su espacio, pero sospechaba que él disfrutaba con su incomodidad.

Se quedó aturdida y muda por lo incongruente que era verlos en Charleston, en un partido de polo, en una fiesta que había servido ella.

–¿Dónde está nuestra nieta? –le preguntó Sharon–. No tenías derecho para alejarla de nosotros y exigimos verla inmediatamente para comprobar que está bien.

Claire quiso gritar. Esas exigencias disparatadas eran el motivo de que se hubiese largado de California poco después de la muerte de Jasper. Le aterraba que pudiera perder a Honey si empezaban a pelear por la custodia de su nieta.

En teoría, sabía que ellos no tenían argumentos suficientes contra ella como para convencer a un juez de que Honey no estaba a salvo con ella, pero tampoco estaba segura de que el sistema estuviese de su lado esa vez cuando estuvo en su contra hacía siete años, cuando una mentira la había catalogado de peligrosa para los niños.

Además, con Jasper muerto, ¿quién creería que sus padres eran unos tutores nefastos? Ella podría argumentar que Jasper se había alistado en el ejército nada más terminar el instituto para romper todos los lazos con sus padres, pero sería la palabra de ella contra la de ellos.

–Honey está perfectamente –tuvo que hacer un esfuerzo para mantener la voz tranquila y firme cuando el cuerpo le temblaba de miedo y rabia–. Además, sigo pensando lo mismo sobre que la veáis.

La pesadumbre de ellos por no poder ver a su nieta hacía que los sentimientos de ella fuesen un batiburrillo caótico. Por un lado, Jasper era su único hijo y aunque habían conseguido que los abandonara hacía quince años, ella reconocía que podrían querer intentar hacerlo mejor con su nieta.

Desgraciadamente, habían demostrado que eran unas personas nocivas y se habían opuesto a todos los intentos de ella para tratar el asunto de una manera justa. No le habían dicho nada amable desde que se dirigieron a ella después de la muerte de Jasper y habían llegado a acusarla de quedarse embarazada intencionadamente para que Jasper tuviera que ocuparse de ella.

—Dejarás que la veamos en este momento o llamaremos a las autoridades —le amenazó el padre de Jasper levantando la voz.

Aunque ella no apartó la mirada de la pareja, pudo darse cuenta de que estaban empezando a llamar la atención de otras personas y solo le faltaba que Linc se acercara para ver qué pasaba. Conocería a los padres de Jasper y descubriría que había estado engañándolo durante más de un año.

—Honey es nuestra nieta —intervino Sharon—. Tenemos que cerciorarnos de que está bien. No tienes derecho a separarla de nosotros.

Claire apretó los dientes. Tenía todo el derecho del mundo a cruzar el país para alejarse de esa gente. Jasper le había contado muchas historias de su infancia, de cómo lo maltrataban de palabra si se equivocaba en dos respuestas de un examen o si no hacía las tareas lo bastante deprisa. No se le pasaba por la cabeza siquiera confiar a ese bebé tan bueno a unas personas tan amargadas y dañinas.

—Vamos a hablar en otro sitio —intentó convencerlos Claire—. No vamos a molestar en un acto tan bonito y…

—Esta fiesta me importa un rábano —le interrumpió la madre de Jasper—. Solo quiero a mi nieta.

—¿Pasa algo?

Para angustia de Claire, Linc estaba acercándose con Knox y Sawyer pisándole los talones.

–No pasa nada –contestó ella.

–Sí pasa algo –replicó la madre de Jasper–. Esta chica nos ha robado a nuestra nieta.

–No es verdad –Claire no pudo mirar a Linc.

. Esa escena era el colmo de la falta de respeto. ¡Qué pensaría él de ella!

–¿Son familiares de Claire? –preguntó él con autoridad y serenando la situación.

–¿Familiares? –Doug Patmore dejó escapar una risa sarcástica–. No, gracias. Ella quería casarse con nuestro hijo, pero él no la aceptó.

Eso tampoco era verdad. Al menos, lo de que ella quisiera casarse con Jasper. Los padres de Jasper la culpaban del distanciamiento con su hijo, aunque había empezado mucho antes de que ella lo conociera.

–Lo siento –Linc miró a los padres de Jasper con el ceño fruncido–, pero estoy desconcertado. Claire estaba casada con su hijo…

–Eso es un montón de mentiras –le interrumpió el padre de Jasper mirando a Claire–. Aunque no debería sorprendernos si tenemos en cuenta cómo embaucaste a nuestro hijo para que creyera que te importaba y te quedaste embarazada para que tuviera que ocuparse de ti.

Claire se quedó clavada en el sitio por el espanto. No quiso mirar a Linc para no ver su reacción, pero tenía que saber si estaba creyéndose las mentiras que estaba soltando el padre de Jasper.

El rostro de Linc era una máscara indescifrable. Solo sus ojos expresaban tristeza y decepción.

–¿No te casaste? –le preguntó Linc con la voz ronca.

–No.

Capítulo Diez

Linc, que no podía llegar a creerse que Claire hubiese estado mintiéndole todo ese tiempo, intentó hacerse una idea de lo que estaba pasando. No era la viuda de un militar, no era la viuda de nadie. ¿Le había contado algo que fuese verdad o había estado jugando con él todo el rato?

–¿Por qué le contaste a todo el mundo que te habías casado? –le preguntó acercándose a ella.

Claire, en vez de lanzarse a darle explicaciones, se cruzó de brazos y miró a la pareja de personas mayores que había estado acosándola.

–Por favor, ¿no podríamos hablar de esto más tarde? –le pidió ella en voz baja.

Linc miró a la mujer de la que había empezado a pensar que sería la mujer con la que pasaría el resto de su vida y deseó que dijese algo, cualquier cosa que le calmara el desasosiego.

–Claire, ¿puede saberse qué está pasando? –siguió Linc–. ¿Quiénes son estas personas?

–Son los padres de Jasper. Doug y Sharon Patmore.

–¿Qué hacen aquí?

–Por favor, ¿no podríamos hablar de esto más tarde? –repitió ella sacudiendo la cabeza.

Knox agarró del brazo a Linc.

–La prensa va a aparecer en cualquier momento si no nos marchamos ahora mismo.

159

Una parte de su cabeza captó que Sawyer también estaba a su lado. El apoyo de ellos dos era inestimable para él en ese momento, pero, desgraciadamente, no eran los únicos que estaban allí. Miró alrededor y vio a varias personas que hacían fotos con los teléfonos.

–Knox tiene razón –intervino Claire con una mirada suplicante–. No querrás verte mezclado en una escena.

Antes de que él pudiera decir algo, Claire salió corriendo en dirección contraria a la pareja de personas mayores, quienes fueron detrás de ella. A Linc se le encogieron las entrañas mientras veía que todos desaparecían entre la multitud. Dejarla marchar ponía a prueba su fuerza de voluntad. Aunque sabía que le había mentido, su intuición le decía que la siguiera y se pusiera de su lado. Le parecía bastante evidente que esa pareja de personas mayores no tramaban nada bueno. Jamás había visto tan desdichada a Claire.

–¿Tienes alguna idea de qué pasaba? –le preguntó Knox–. Han acusado a Claire de haberles robado a su nieta.

–Eso es absurdo –era posible que él no conociera a Claire tan bien como había supuesto, pero no se creía que ella hubiese hecho algo así–. Está pasando algo muy raro y me gustaría llegar al fondo del asunto.

–Entonces, ¿no sabías que no se había casado?

–No –contestó Linc–. Nos ha mentido a todos.

–¿Por qué lo habrá hecho? –murmuró Sawyer apretándole el brazo con cariño.

Linc miró a su hermana y le hizo un gesto con la cabeza para agradecerle el gesto tranquilizador.

–No lo sé, pero hay algo que no me gusta en esas personas que dicen ser los abuelos de Honey. Claire me contó una vez que su... que Jasper no tenía la más mínima relación con sus padres y que no quería que se acercaran a su hija. Si es así, no sé qué están haciendo aquí.

–Desde luego, Claire no se ha alegrado de verlos –añadió Sawyer.

–Entonces, si ella no los ha invitado ¿cómo han sabido que estaba aquí? –preguntó Knox.

–Es una buena pregunta –comentó Linc–. Es posible que tengamos que averiguar cómo lo supieron.

–Puedo preguntarle a Portia si estaban en la lista de personas que compraron entradas –se ofreció Knox.

Linc asintió con la cabeza y Knox se marchó, dejándolo con su hermana.

–¿Estás bien? –le preguntó Sawyer.

–Perfectamente –contestó Linc–. Sorprendido, eso es todo.

Sin embargo, la expresión de su hermana hizo que se diese cuenta de que había dejado traslucir que sentía por Claire algo que no era solo lo que un jefe sentía por su empleada, y si no se dominaba en ese instante, todo el mundo sabría que se había comportado como un perfecto idiota.

–Claire y tú estáis... –Sawyer miró alrededor, pero no podía oírlos nadie–. ¿Os habéis acostado?

–Solo desde hace poco.

–Linc...

Sawyer resumió en una sílaba todo un mundo de preocupaciones.

–No hace falta que me digas que la he fastidiado.

Sin embargo, hasta hacía un momento, había estado convencido de que lo tenía todo resuelto. Cuando se imaginaba el resto de su vida, se veía con Claire y Honey a todas horas. No como empleada doméstica sino como su esposa. Esa palabra no hizo que saltaran las alarmas… y debería haberlo hecho después de lo que acababa de enterarse.

La pega era que todavía quería tenerla en su vida. Aunque le había mentido y ya no sabía muy bien quién era, no podía imaginarse a nadie que le hiciera tan feliz como ella.

—No creo que la hayas fastidiado —replicó Sawyer.

¿No? Linc se recordó que él había sido quien la había perseguido. ¿Se habría acostado con él si no le hubiese dicho lo que sentía por ella? En realidad, ella se había opuesto a todos los intentos de él para dar un paso más en la relación. Sin embargo, si le tomaba la palabra y se creía que ella nunca había querido que su relación se hiciese pública, ¿por qué se había inventado un marido?

—Necesitamos más información antes de juzgarla —añadió Sawyer—. Claire no es malvada y no puedo imaginármela intentando hacerte daño. En realidad, me pareció que tenía miedo cuando hablaba con esas personas.

—A mí también me lo ha parecido —Linc no pudo creerse que no la hubiese ayudado porque le preocupara la mala publicidad—. Tengo que encontrarla y saber qué está pasando.

Claire ganó velocidad a medida que se alejaba de Linc y de los padres de Jasper. Solo podía pensar en escapar del campo de polo y en llegar a donde estaba su hija. Podía posponer la decisión que tenía que tomar hasta que tuviera en brazos a Honey otra vez.

–¡Claire! –Everly Briggs estaba dirigiéndose hacia ella–. ¿Adónde vas? Creía que íbamos a reunirnos para que te pagara el dinero que te debemos.

–Toma las facturas. ¿Podrías mandarme el cheque por correo? Tengo que marcharme.

Le entregó la carpeta a Everly mientras miraba por encima del hombro para comprobar si los Patmore se acercaban, pero no vio a los padres de Jasper por ningún lado. Era posible que les hubiese dado esquinazo y le esperara porque le espantaba la idea de que la siguieran a casa de Linc.

–¿Te pasa algo? –le preguntó Everly sin hacer nada por tomar la carpeta–. Pareces alterada.

–Mi dirección está en los documentos.

–¿Habéis discutido Linc y tú?

–¿Qué?

–Lo he visto hace un momento y me he dado cuenta de que estaba enfadado. ¿Habéis discutido por el tiempo que ha pasado con Landry Beaumont? –los ojos de Everly brillaron con interés–. Los celos no te sientan bien.

Claire la miró atónita.

–No estoy celosa.

–¿Porque crees que va a elegirte a ti y no a ella? –Everly se rio y fue un sonido desagradable–. Eso no sucederá jamás, no le llegas ni a la suela de los zapatos.

–¿Acaso crees que no lo sé?

Era doloroso que siempre la trataran como si no valiese nada. Primero, su madre la abandonó. Luego, su padre eligió una familia nueva al margen de ella. Quizá le pasara algo raro porque se había enredado en una relación con Linc cuando sabía que era no era la apropiada.

–Además, da igual –siguió Claire–. Linc y yo no… tenemos nada.

–¿A quién crees que estás engañando? –Everly se inclinó y le clavó una mirada maliciosa–. Os vi juntos y sé perfectamente lo que está pasando. Estás acostándote con él.

Claire reculó y se preguntó cómo era posible que un día tan divertido se hubiese estropeado tan deprisa. Iba a negar lo que había dicho Everly cuando intervino una voz que conocía muy bien.

–Aquí estás –dijo la madre de Jasper–. No creas que vas a poder escaparte fácilmente.

–¿Quiénes son estas personas? –preguntó Everly mirando a los Patmore con el ceño fruncido–. ¿Los has invitado tú?

–No.

–¿Cómo han entrado? –insistió Everly.

–No es asunto suyo –contestó Doug Patmore–, pero tenemos entradas.

Como esa respuesta no iba a satisfacer a Everly, Claire decidió que cuanto antes sacara de allí a los padres de Jasper, mejor. Volvió a marcharse hacia el aparcamiento. Los Patmore, como era de esperar, salieron detrás de ella.

–¿Adónde crees que vas? –le preguntó Doug jadeando cuando la alcanzó.

–Lejos de vosotros –contestó Claire, quien, sin embargo, aminoró el paso para poder hacer la pregunta que más vueltas le daba en la cabeza–. ¿Cómo habéis sabido que estaba en Charleston y cómo habéis sabido dónde estaría hoy?

–Una mujer nos llamó y nos dijo que habías venido a vivir aquí –contestó Sharon.

–Sí. Nos dijo que andabas con un jugador de béisbol y que vivías con él.

–¿Qué mujer?

A Claire se le heló la sangre y agarró las llaves del coche con todas sus fuerzas. ¿Quién se tomaría la molestia de hacer algo así?

–No nos dijo su nombre, pero sí nos dijo que era de Charleston y que te había conocido en una fiesta –contestó el padre de Jasper en un tono de reproche–. ¿Eso es lo que has estado haciendo desde que llegaste aquí? ¿Abandonabas a nuestra nieta para salir de juerga por la noche?

–Solo he ido a una fiesta, hace poco, y fui porque yo servía la comida. Estaba trabajando, no de juerga.

Claire pensó en la fiesta de Bettina. ¿Era posible que alguna de las invitadas hubiese sospechado que había algo entre Linc y ella y hubiese querido quitarla de en medio? Era un disparate, nadie en su sano juicio la consideraría competencia. Sin embargo, ¿qué otra explicación podía háber? Por otra parte, ¿cómo habían encontrado a los padres de Jasper? ¿La habrían investigado?

–¿Qué dices del jugador de béisbol con quien te has arrejuntado? –le preguntó Doug–. ¿No le da a las drogas y va de juerga? ¿Qué ambiente es ese para nuestra nieta?

Si no estuviese acostumbrada a su acoso, esas acusaciones podrían haberla impresionado, pero se parecían mucho a todo lo que le habían soltado en San Francisco, y por lo que se había marchado de allí. Aunque había intentado convencerse de que era muy improbable que unos abuelos le quitaran la custodia de un hijo a su madre, tampoco tenía mucha confianza en que el sistema hiciera siempre lo que debería hacer en teoría. Tampoco tenía recursos para librar una batalla larga con los padres de Jasper.

–Tampoco va de juerga –contestó Claire–. Además, dónde viva yo no es asunto vuestro.

–Seguro que tiene dinero –comentó el padre de Jasper entrecerrando los ojos.

–¿Qué tiene que ver eso con todo lo demás?

–Es posible que no quieras perder la gallina de los huevos de oro…

–¿La gallina de los huevos de oro?

Aquello era el colmo.

–¿De qué estáis hablando?

–Nos da la sensación de que te va muy bien aquí…

¿Adónde quería llegar? Miró a Doug y a Sharon alternativamente.

–Danos a nuestro querido bebé y te dejaremos tranquila –siguió Sharon.

–¡No es vuestro querido bebé!

La furia pudo con la confusión. La idea de huir otra vez le dio espanto, pero no iba a permitir que los padres de Jasper le arrebataran a su hija.

–Jasper no quería teneros en su vida y tampoco querría que estuvierais en la de su hija.

–Siempre seremos mejor nosotros que tú. Vamos a conseguirla como sea.

Claire negó con la cabeza e intentó transmitir confianza, aunque estaba aterrada por dentro.

–No tenéis argumentos para arrebatarme a Honey.

–Yo estoy segura de que hay un juez en California que no opina lo mismo.

–Pero no estamos en California.

Era un farol por su parte porque no sabía si lo que pasó cuando tenía veinte años tendría fundamentos jurídicos para un tribunal de Carolina del Sur.

–Es posible que creas que aquí estás a salvo, pero podríamos complicarte mucho las cosas –le amenazó la madre de Jasper.

–A ti y a ese Linc Thurston –añadió Doug.

Claire se quedó helada al oír el nombre de Linc dicho por el padre de Jasper. No quería, por nada del mundo, que un escándalo salpicara a Linc, pero parecía como si el padre de Jasper tuviese ganas de crear problemas.

–No voy a daros a mi hija –gruñó Claire como si fuese una madre osa acorralada.

Cuanto más tiempo pasaba con los padres de Jasper, más convencida estaba de que haría cualquier cosa por mantener a Honey alejada de ellos.

–Entonces, danos los cien mil dólares que recibió.

–¿Qué cien mil dólares?

–No te hagas la tonta con nosotros. Ella es la beneficiaria de la indemnización por la muerte de Jasper en acto de servicio, y son cien mil dólares sin impuestos.

El interés por su nieta quedó claro como el agua. Ellos, como tutores de Honey, podrían administrar esa indemnización.

–No los tengo.

La verdad era que jamás se le había pasado por la cabeza que Honey podría recibir algo por la muerte de Jasper.

–Eres una mentirosa –replicó Doug–. Claro que los tienes.

–Jamás he solicitado nada de dinero –insistió Claire.

–Entonces, eres más tonta de lo que pensábamos –Doug miró a su esposa–. Tienes que conseguirnos ese dinero.

–Es de Honey.

Ese dinero ayudaría mucho para que el porvenir de Honey fuese más seguro.

–Él era nuestro hijo, nosotros lo criamos. Si hay alguien que se merece ese dinero, somos nosotros, no ese desliz que tuvo contigo.

Claire tomó aire para contener la rabia y levantó la barbilla con un gesto desafiante. Por el bien de su hija, no dejaría que la intimidaran.

–Estáis perdiendo el tiempo –ya sabía lo que buscaban y ya no le daban miedo–. No vais a quitarme a mi hija y tampoco vais a recibir ningún dinero. Volved a San Francisco y dejadnos en paz.

Dicho eso, Claire se dio media vuelta y se marchó. Aunque pudo oír las últimas palabras de Doug.

–Danos el dinero o nos ocuparemos de que todo el mundo sepa lo que has estado haciendo con tu jefe. Es posible que a ti no te importe lo que diga la gente de ti, pero creo que a él y a su familia les importará un poco más.

Capítulo Once

Aunque sabía que debería quedarse en el acto benéfico hasta que hubiesen terminado los partidos de polo, no podía concentrarse en nada que no fuese la expresión de Claire cuando reconoció que había estado mintiéndole durante un año. Solo se quedó hasta que Knox le comunicó que nadie llamado Patmore había comprado entradas para el acto.

Sin embargo, alguien les había conseguido las entradas, alguien que había esperado que los padres de Jasper organizaran una escena en público para humillar a Claire. ¿Por qué? No podía esperar mucho más para averiguarlo.

Para su alivio, el coche de Claire estaba aparcado en el camino de entrada cuando llegó a casa. Sin embargo, una vez dentro, vio dos maletas al lado de la puerta de la cocina y se paró en seco.

Claire iba a abandonarlo.

Ella entró en la cocina con Honey justo cuando había llegado a esa conclusión. La niña lo vio y levantó los brazos abriendo y cerrando las manos para saludarlo. Se le formó un nudo en la garganta y comprendió que, independientemente de lo que hubiese hecho Claire y de lo enfadado que estuviese con ella, no podía soportar que se marchara.

–¿Adónde vas? –le preguntó él en un tono más apesadumbrado que acusatorio.

–¿Qué haces aquí? –ella lo miró consternado–. Deberías estar en el partido de polo.

–Me marché antes porque tenía que hablar contigo –Linc señaló el equipaje–. ¿Ibas a huir de mí?

Le quitó a Honey de los brazos antes de que ella pudiera contestar. La niña ronroneó y le rodeó el cuello con los brazos. Olía al perfume de su madre mezclado con la loción infantil. Inhaló ese olor para evitar que se esfumaran de su vida.

–No voy a huir de ti, voy a marcharme antes de implicarte en un escándalo monumental.

–Como si me importara lo que dice la gente de mí –replicó él sin alterarse para no asustar a Honey.

–Pues debería. A tu familia y a tus amigos sí les importa.

–¿Podrías decirme qué está pasando? –él lo preguntó sin acalorarse, solo para intentar entenderlo–. ¿Por qué le dijiste a todo el mundo que estabas casada?

–Comprobé, en cuanto llegué a Charleston, que la gente me daría más oportunidades si era viuda de un militar con una hija. ¿Hice mal? –ella asintió con la cabeza vehementemente–. Desde luego, pero creo que volvería a hacer lo mismo.

–Pero ¿por qué no fuiste franca conmigo? Yo no te habría juzgado.

–Quise –Claire no lo miró a los ojos–. Debería haberlo hecho.

–No entiendo qué te lo impidió.

–Al principio, fue porque necesitaba el trabajo como tu empleada doméstica. Si vivía aquí, estaría oculta y a los padres de Jasper les costaría más encontrarme.

–¿Por qué intentabas esquivarlos?

—Jasper, antes de que se marchara al extranjero la última vez, me hizo prometerle que mantendría a nuestra hija alejada de sus padres. Tenían una relación muy tensa y le daba miedo que trataran a su hija como lo habían tratado a él.

—Sin embargo, tú eres su madre y no tienes por qué permitirles que traten con ella.

—Me complicaron mucho las cosas. Además…

Parecía incómoda. ¿Qué le costaba tanto contarle? No podía identificar a la mujer que había llegado a querer durante el último año con esa mujer esquiva que decía una mentira detrás de otra.

—En la fiesta dijeron que les habías robado a su nieta. ¿Qué estás ocultándome?

—Me marché de California por ellos.

—¿Te marchaste a la otra punta del país para alejar a Honey de sus abuelos?

—Sí. Me amenazaron con quitármela.

—No pueden hacerlo.

—Desgraciadamente, si decidían apretar las tuercas, había alguna posibilidad de que me consideraran una madre no apta y la perdiera.

—¿Una madre no apta? Eres todo lo contrario…

—Hubo un incidente cuando cumplí veinte años —Claire lo miró un instante y volvió a desviar la mirada—. Te conté que mi padre había vuelto a casarse. Fue evidente desde el principio que Aubrey quería que mi padre se centrara en ella y en su familia nueva, y se le metió en la cabeza que yo le tenía rencor.

—¿Se lo tenías? —Claire le había contado que la esposa de su padre solo tenía ocho años más que ella.

—Tengo que reconocer que a los dieciséis años,

cuando Aubrey vino a vivir con nosotros, me entusiasmó. Se quedó embarazada. Nunca supe si se casó con ella porque la amaba o porque se sentía responsable del hijo. En cualquier caso, todo cambió en cuanto vivió con nosotros. Tenía opiniones muy contundentes y se imponía sin reparos.

–Lo entiendo, pero ¿qué tiene que ver con tu miedo a que los padres de Jasper pudieran aspirar a ser los tutores de Honey?

–Cuando yo cumplí veinte años, Aubrey ya había tenido a Shane y a Grace, mi medio hermano y mi medio hermana. Shane era el mimado de su madre y un horror. Me marché de casa en cuanto terminé el instituto por lo mal que estaban las cosas entre Aubrey y yo. Ella se ocupó de hacerme saber que no era bien recibida y dejé de visitarlos.

Empezaba a suavizar su postura hacia ella. ¿Podía reprocharle que hubiese hecho todo lo que hubiese podido para sobrevivir?

–Mi padre no entendía lo que nos pasaba y yo sabía que le dolía que ya no fuese por allí –siguió Claire–. Por eso, fui a la fiesta por el segundo cumpleaños de Grace. Shane estaba portándose peor que nunca porque su hermana era la protagonista.

Linc pudo imaginarse la escena sin ningún problema, y era evidente que Claire estaba muy incómoda al contar la historia, que lo que pasó seguía agobiándole.

–Cuando llegó el momento de la tarta y de abrir los regalos, Shane no estaba por ningún lado. Aubrey quería por todos los medios que su hijo estuviese allí cuando Grace soplara las velas y fui a buscarlo. Se había subido a la casita que mi padre le había construido en un árbol.

172

Claire se ponía más tensa con cada frase que decía y abría y cerraba las manos. El malestar le atenazó las entrañas a Linc y empezó a sospechar cómo acababa la historia.

—¿Estaba alta?

—Lo bastante como para que un niño se hiciese daño si se caía.

—Y eso fue lo que pasó…

Claire asintió con la cabeza, resopló y continuó.

—Intenté convencerlo para que bajara, pero yo no le caía muy bien. Creo que había captado la hostilidad entre su madre y yo. Acabé subiendo a la casita con la esperanza de conseguir que entrara en razón, pero empezó a gritarme y a decirme que me marchara, se puso como si estuviese dándole un miedo atroz —Claire esbozó una sonrisa apagada—. Ese niño malcriado montaba muy bien una escena y sabía perfectamente cómo manipular a su madre. Yo ya iba a dejarlo cuando él decidió salir por la ventana para intentar trepar hasta una rama.

—¿No lo consiguió?

—Sí, pero cuando llegó a la rama, se desequilibró. Intenté agarrarlo, pero no llegué y cayó al suelo —Claire cerró los ojos durante un segundo interminable—. Como estaba montando ese jaleo, algunos invitados estaban mirando hacia el árbol y dijeron que, desde su posición, pareció como si yo lo hubiese empujado.

—No puedes decirlo en serio.

—Como puedes imaginarte, la familia de Aubrey no me apreciaba precisamente y uno de ellos llamó a los servicios sociales y les dijo que yo era un peligro para los niños.

—Nadie puede haberse creído eso.

–Esos organismos interpretan mal las cosas continuamente. Además, Shane aseguró que lo había empujado y eso no facilitó las cosas. Acabó con un brazo roto y acaparando todo el protagonismo.

Claire suspiró y se quedó en silencio.

–Cuando, según el informe de la trabajadora social, resultó que yo podía ser un peligro para mis medio hermanos, me di cuenta de que iba ser complicado que mantuviera la relación con mi padre.

–No puedo creerme que tu padre creyera que podías hacerles daño. ¿Qué relación tienes con él ahora?

–Creo que se siente mal, pero está casado con Aubrey y es responsable de sus hijos. Hablamos cuando ella no está delante y vino a visitarme al hospital cuando tuve a Honey. Cuando le conté lo que estaban intentando hacer los padres de Jasper, me dio algo de dinero para ayudarme a que me marchara de San Francisco y empezara en otro sitio. Sé que a él le gustaría hacer algo más, pero…

–No es justo –comentó Linc estremecido por la tristeza de ella.

–Además, ha hecho que me cueste confiar en los demás –lo miró con un brillo abrasador por debajo de las pestañas–. Incluso en los que querría confiar.

Él entendió lo que quería decir y asintió ligeramente con la cabeza.

–Entonces, lo que pretextan los padres de Jasper es ese asunto de Shane y los servicios de protección infantil.

–Sí. No sé cómo lo averiguaron, pero me marché de la ciudad cuando empezaron a amenazarme por la custodia de Honey.

–Podrías haber peleado, solo necesitabas un buen abogado.

–No podía pagármelo. La vida era muy cara en California y solo podía mantenerme a flote. Además, me daba miedo que pudiera perder a Honey si me quedaba para enfrentarme a ellos. Me compré un coche y una amiga lo matriculó a su nombre. Luego, crucé al país. Me paraba en ciudades pequeñas y aceptaba los empleos más raros. Tardé casi seis meses en llegar a Charleston. No sabía cuánto tiempo me quedaría, hasta que conocí a tu madre y le pareció que sería una buena empleada para ti. Me ha encantado trabajar para ti y vivir aquí, ha sido la primera vez que me he sentido segura desde que me enteré de que Jasper había muerto. Debería haber sabido que no podría durar.

–¿Cómo te encontraron los Patmore?

–No tengo ni idea. He tenido mucho cuidado de ser discreta. Es posible que hayan contratado a alguien, pero es muy raro que se presentaran de esa manera en la fiesta aunque hubiesen sabido que estaba en Charleston. Estaba claro que habían venido solo para encontrarme.

–Alguien de Charleston ha tenido que darles la pista –comentó Linc en tono pensativo–, pero ¿para qué?

Los ojos marrones de Claire le parecieron inmensos en su rostro blanco.

–Porque adivinaron que… teníamos una relación y quisieron quitarme de en medio.

–No seas ridícula…

–Los padres de Jasper lo sabían todo sobre ti y me amenazaron con hacerlo público si no les pagaba.

–¿Cuánto quieren?

–Cien mil dólares. Es la cantidad que Honey recibiría del Ejército porque su padre murió en acto de servicio, pero no voy a pagárselos.

–Claro que no.

Linc, sin embargo, no tendría ningún reparo en desprenderse de esa cantidad si eso daba cierta tranquilidad a Claire. Estaba pensando si sería prudente pagar a unos chantajistas cuando Claire le dio la noticia.

–En vez de eso, Honey y yo vamos a marcharnos de Charleston.

Linc empezó a sacudir la cabeza antes de que Claire terminara de hablar.

–Ni lo sueñes. Estás loca si crees que voy a dejar que te marches de Charleston –a juzgar por el tono de su voz, lo decía completamente en serio–. Haré lo que haga falta para que te quedes.

–Pero esto no es asunto tuyo y no estoy dispuesta a que te veas mezclado en mi embrollo –se quejó ella.

–No es tu embrollo, tú no causaste el problema. Hay unos seres ruines que quieren aprovecharse de ti. Déjame que te ayude a impedirlo.

–No lo entiendes –ella tenía el corazón acelerado por la firmeza granítica que se reflejaba en el rostro de él–. No es tu batalla.

Le encantaría dejarse llevar y aceptar su protección, pero sus dudas eran más fuertes. Nadie la había respaldado jamás, y tampoco podía olvidarse de la rabia de él en el campo de polo.

–Estoy convirtiéndola en mía.

–Pero el escándalo…

–No habrá ningún escándalo… –él la agarró de la barbilla para que lo mirara– si te casas conmigo.

–¿Qué? –ella se soltó y retrocedió un paso, tambaleándose como si la hubiese abofeteado–. Tu madre no me aceptará jamás.

–Mi madre sabe lo que siento por ti y solo quiere que sea feliz.

Claire se tapó los ojos con las manos para no ver la expresión seria de Linc, pero los demás sentidos tomaron el relevo. Olió su colonia y oyó la cadencia de su respiración.

–Eras feliz con London y Bettina no mejoró su opinión de ella por eso –le recordó Claire.

–No debería haberle pedido que se casara conmigo –Linc le bajó las manos para mirarla a los ojos–. No era el amor de mi vida. Tú sí lo eres.

Ella sintió una opresión en el pecho.

–No nos conocemos desde hace lo bastante como para que digas eso –¿cuándo se daría cuenta de que eso era un disparate? ¿Cómo iba a ser posible que la amara?–. Además, te mentí.

–Eso es verdad, pero no por eso dejo de amarte.

A Claire se le hundieron los hombros. El corazón y la cabeza libraban una batalla encarnizada, pero ella solo podía seguir intentando que él entrara en razón.

–No saldrá bien –insistió ella–. Lo verás.

–Puede salir bien y saldrá bien. Solo tienes que confiar en mí.

–Confío en ti, pero en tu vida hay presiones más fuertes que lo que sintamos el uno por el otro.

–¿Qué sentimos el uno por el otro? –le preguntó él agarrándola de los hombros–. Yo te amo, quiero casarme contigo y quiero que formemos una familia.

—Linc, maldita sea, sé sensato.

—¿Qué sientes tú por mí? —le preguntó él sin hacer caso de su objeción.

A ella le costó respirar porque se le había formado un sollozo en el pecho. Las palabras que anhelaba decir se le amontonaban en la garganta, pero el miedo la atenazaba. Si le abría el corazón y le decía lo que sentía, que no podría soportar vivir sin él, Linc no la soltaría. Entonces, ¿qué pasaría si todos sus amigos y su familia se oponían a su matrimonio? ¿Cómo iba poder hacerle feliz?

—Te amo —reconoció ella cuando los sentimientos se negaron a seguir reprimidos.

—Así me gusta —Linc le tomó la cara entre las manos y se inclinó para rozarle los labios con los de él—. Es como si hubiera estado esperando toda la vida a que dijeras esas palabras.

—Pero, Linc, no podemos...

Él volvió a besarla para callarla y fue un beso más largo y profundo. Cuando separó la cabeza, ella estaba aturdida.

—Tenemos que centrarnos en Honey, tú y yo. Los demás no importan.

—Pero sí importan. Es posible que las cosas fuesen distintas en otras mil ciudades, pero, en Charleston, la opinión de todo el mundo importa.

—Entonces, viviremos en Texas, en California o donde tú quieras. Lo importante es que estemos juntos.

Ella no podía creerse lo que estaba oyendo.

—Pero tus amigos y tu familia están aquí y, digas lo que digas, son importantes para ti.

—Entonces, ¿qué se necesita?

—¿Para qué?

—Para que te cases conmigo en una ceremonia por todo lo alto delante de mi familia y mis amigos. Quiero proclamar a los cuatro vientos que te amo.

Su pregunta la abrumaba, pero también reconocía que ya era imposible huir. Aunque eso habría sido lo más sensato para todos, la esperanza ya había brotado. Quizá pudieran conseguir que todo saliera bien… Ello lo amaba. ¿Podía darle la espalda a una ocasión para ser feliz?

—Sinceramente, no sé qué me haría cambiar de opinión.

Sin embargo, sí lo sabía. Si por una casualidad la leyenda sobre el origen de su familia fuese verdad y descendiera de una familia de Charleston de toda la vida…

—No sabes lo persuasivo que puedo ser —replicó él con una sonrisa maliciosa.

—Vaya, qué bonito…

Claire miró hacia la puerta de la calle y vio que Sawyer acababa de entrar en la cocina.

—¿Qué haces aquí? —le preguntó Linc.

—Evidentemente, interrumpir algo —contestó Sawyer con una sonrisa y agarrando a Claire del brazo para apartarla de Linc—. Vas a disculparnos, querido hermano, pero tengo que hablar con Claire.

—¿Qué pasa?

—Llama a mamá. Quiere que vayas a cenar. Claire y yo volveremos enseguida.

—¿Qué sucede? ¿Pasó algo después de que me marchara del partido de polo? ¿Ya sabe todo el mundo lo que ha habido entre Linc y yo? ¿Por eso quiere tu madre que vaya a cenar? ¿Para decirle que me ordene hacer las maletas?

–No es nada de eso –contestó Sawyer–. En cuanto a mi madre, está encantada de que Linc haya encontrado a alguien que le hace feliz.

–¿Sabe… lo nuestro? ¿Cómo se ha enterado? –Claire se dejó caer contra el respaldo del sofá y cerró los ojos–. ¡Qué vergüenza!

–Linc se lo contó el día de la fiesta. No entró en muchos detalles, pero ella sabe que él te ama.

Claire se incorporó y miró a Sawyer.

–Entonces, ¿qué es lo que tienes que decirme?

–Lo que he averiguado sobre tu antepasado James Robbins en la Sociedad de Historia.

–¿Qué has averiguado…? –Claire miró a Sawyer sin salir de su asombro –. No lo entiendo. ¿Cómo has sabido que existía?

–Linc me contó la historia, yo acudí a la sociedad e hice algunas averiguaciones sobre la familia Robbins.

Claire no podía creerse que Sawyer estuviese tan emocionada y se le aceleró el pulso. Aunque su tía abuela se había creído la historia de James Robbins, quien había dejado su familia de Charleston para buscar fortuna en California durante la fiebre del oro, ella, Claire, no había terminado de creérsela y siempre le había parecido que podía ser una leyenda familiar.

–Entonces, ¿hay una familia Robbins en Charleston?

–Ya no –Sawyer sacudió la cabeza–. Se extinguió cuando el hijo mayor murió en la guerra civil.

–Ah… –Claire intentó disimular la decepción.

Había sido una necia al creer que quizá tuviese relación con una familia que podría impresionar a Bettina–. Bueno, gracias por investigar.

–Espera un poco. Que el apellido Robbins se extinguiera no quiere decir que no fuese una familia importante en Charleston. Hubo una hija, Penelope, que se casó bien y tuvo muchos descendientes.

A ella no se le había pasado por la cabeza que pudiese tener familiares que todavía vivían en Charleston. Se había centrado en la generación de su bisabuelo y en saber si James Robbins había dicho la verdad.

–Entonces, ¿son unos primos lejanos?

–Tardaré un poco en aclarar la genealogía y cómo está todo el mundo relacionado contigo, pero sé con certeza que eres familia de los Haskells, como mi amiga Shelby Haskell –contestó Sawyer con una sonrisa de oreja a oreja.

–¿De verdad?

Claire recordó haber charlado un momento con Shelby en la fiesta de Bettina y algo se le iluminó en el corazón. Una pieza de su identidad encajó en su sitio e hizo que se sintiera plena por primera vez en lo que le pareció toda su vida. Pertenecía a Charleston sin tener nada que ver con Linc.

–¡De verdad! –exclamó Sawyer–. ¿No te parece emocionante?

–No lo sabes tú bien…

Entonces, Claire empezó a llorar. No pudo respirar durante un rato y no pudo decir nada hasta que recuperó la voz.

–No puedo creerme que sea verdad.

–Pues lo es. Me di cuenta de que eras especial

para él incluso antes de que vosotros supierais que os amabais. Él me contó lo importante que era esto para ti y yo me alegro de haber podido ayudar.

–¿Se lo has dicho a Linc?

Claire se preguntó si Linc la había pedido que se casara con él por eso. Quizá hubiese decidido que ella era aceptable después de todo.

–No. Lo averigüé hace menos de media hora y pensé que te gustaría darle la noticia.

–¿Y tu madre…?

–Deja de preocuparte por cosas sin importancia –le aconsejó Sawyer al darse cuenta de sus temores–. Linc te ama y eso es lo único que importa. Ni a él ni a mi madre les importan tus orígenes.

¿Desde cuándo? Se preguntó Claire sin decirlo en voz alta. Si quería que las cosas salieran bien con Linc, tenía que dejar de usar la diferencia social como excusa para no resultar herida.

–Lo sé –Claire dejó escapar un largo suspiro–. Es que estoy un poco recelosa porque nadie hacía que me sintiese segura desde hace muchísimo tiempo.

–Linc es el mejor hombre que conozco.

–Deberías hacerle caso –comentó Linc desde el arco que daba al pasillo y mientras Honey entraba corriendo hacia su madre–. ¿Estás preparada para ir a decirle a mi madre que ya he elegido a mi futura esposa?

–¿Estás seguro de que eso es lo que quieres? –preguntó ella mientras sentaba a su hija en las rodillas y la abrazaba.

–¿De verdad tienes que preguntarlo?

Claire se miró los pantalones vaqueros y el jersey de algodón.

–Debería cambiarme…

–Estás muy guapa con cualquier cosa –Linc le tomó la mano y le besó la palma. Ella se estremeció–. Te doy diez minutos para que te cambies.

Mientras Sawyer entretenía a Honey, ella rebuscó en la maleta. La semana anterior se había comprado un vestido estampado con flores muy bonito. No era de una marca exclusiva, pero los tonos pastel resaltaban los mechones dorados de su pelo y el corte favorecía a su delgada figura.

–Estás muy guapa –repitió Linc cuando ella volvió a la cocina.

Sawyer se había marchado hacía un momento con Honey y Linc y ella se habían quedado solos otra vez. Claire se alisó la falda al darse cuenta de que él la miraba detenidamente.

–¿Crees que le parecerá bien a tu madre?

La verdad era que ya sabía la respuesta, pero ganó más confianza por la mirada posesiva de Linc.

–Sí.

–Entonces, será mejor que nos vayamos.

–Un momento, tengo algo para ti –Linc sacó un estuche del bolsillo del abrigo y abrió la tapa. Dentro había un anillo de oro rosa con un enorme diamante ovalado–. Claire Robbins, ¿quieres casarte conmigo?

Esa vez, ella no tuvo que pensar la respuesta.

–Linc Thurston, te amo con todo mi corazón y quiero ser tu esposa.

Ella le tomó la cara entre las manos y él se inclinó para besarla. Se oyeron las risas de Honey a los lejos. Entonces, se sintió dominada por la calidez y la maravilla de esa conexión que sentía siempre con él y todos sus temores de esfumaron.

Los dos tenían la respiración entrecortada cuando dejaron de besarse. Honey estaba impacientándose y sus llamadas se abrían paso entre la neblina de pasión que los envolvía. Claire lo miró mientras le ponía el anillo en la mano y se le paró el pulso al ver el brillo de felicidad de sus ojos. ¿Cómo había podido tener la suerte de ganar el corazón de ese hombre?

Claire iba poniéndose cada vez más nerviosa con cada manzana que recorrían, y cuando llegaron al camino de entrada de Bettina, la tensión la atenazaba por dentro.

–Relájate –murmuró Linc mientras apagaba el motor–. Nadie va a comerte.

–Para ti es fácil decirlo –replicó ella en un tono más cortante de lo que había pretendido–. Eres rico y tienes prestigio social. Yo solo soy quien limpia tu casa.

Él arqueó las cejas por la vehemencia de ella, pero asintió con la cabeza.

–Gracias por recordármelo. Se me había olvidado una cosa –él esbozó una sonrisa maliciosa–. Estás despedida.

Ella sonrió.

–Jamás me habían despedido de un trabajo. Soy una empleada excepcional y todos mis jefes me han dado magníficas referencias.

–No me extraña –murmuró él.

Linc abrió la puerta del coche y empezó a bajarse hasta que se dio cuenta de que ella no se había movido. Le tomó la mano y se la apretó con cariño.

–Vamos.

Claire se bajó y se quedó en el camino de ladrillo que llevaba a la puerta principal mientras Linc bajaba a Honey de su silla. Linc no había sido nunca solo su jefe. Había sido su amigo, alguien que se preocupaba por Honey y por ella.

Estimulada por esa reflexión, vería a su madre con la cabeza alta, segura de sí misma porque sabía que era la mujer que él amaba y con la que pensaba casarse.

—Ya era hora de que llegarais —les recibió Bettina—. Sawyer me ha dicho que estáis prometidos.

Linc la sonrió para tranquilizarla antes de contestar a su madre.

—Sí.

Si ese hombre impresionante la amaba, podría hacer frente a todo lo que le deparara el futuro.

—Maravilloso.

Bettina se levantó cuando se acercaron y miró a Claire a los ojos. Extendió los brazos y Claire titubeó un segundo antes de dejarse abrazar.

—Sé que Linc y tú seréis muy felices juntos —susurró Bettina mientras la abrazaba con fuerza antes de soltarla.

—Gracias —murmuró Claire sin poder evitar sentirse abrumada por la oleada de sentimientos.

Bettina se sentó cuando apareció Dolly con una botella de champán y unas copas.

—Vamos a planear la boda más fastuosa que haya visto esta ciudad desde hace años —aseguró la madre de Linc—. Claire tendrá una docena de damas de honor y el vestido más caro que podamos encontrar.

Mientras Bettina seguía dando ideas sobre la boda, Claire dio un sorbo de champán y tomó de la mano a Linc. El cariño y el sentido de pertenencia se adueñaron de ella al darse cuenta de que iba a recibir el visto bueno y la familia que había anhelado.

—Gracias —murmuró ella mientras apoyaba la cabeza en su brazo.

—¿Por qué?

—Por integrarme en tu familia. Te amo muchísimo. Nunca creí que pudiera llegar a ser tan feliz como lo soy ahora.

—Yo soy el afortunado. Somos el uno del otro. Honey y tú hacéis que mi vida sea completa.

Linc se inclinó y la besó con delicadeza.

—Me gusta que seamos el uno del otro —confirmó Claire mientras pensaba que la familia Robbins había cerrado el círculo al haber vuelto ella a Charleston.

Estaba impaciente por estar a solas con Linc para contarle lo que había averiguado Sawyer. Sin embargo, aunque estaba emocionada por la noticia de que estaba relacionada con la élite de Charleston, eso ya no determinaba quién era ella. Para determinarlo, le bastaba con mirar a los ojos azules de Linc y ver el reflejo de quién era de verdad. Su amor era lo único que necesitaba para aceptar que era exactamente quien debería ser.

No te pierdas
Intento de seducción de Cat Schield,
el próximo libro de la serie
Escándalos de sociedad
Aquí tienes un adelanto…

–Tenemos que desquitarnos de Linc, Tristan y Ryan. Los tres necesitan una lección.

Cuando Everly Briggs decidió que asistiría a un acto que se llamaba «Las mujeres hermosas toman las riendas», indagó quién iba a asistir y se fijó en dos mujeres que le pareció que podían estar dispuestas a participar en su complot para hundir a tres de los hombres más influyentes de Charleston, Carolina del Sur.

Habían pisoteado a las tres. Linc Thurston había roto su compromiso con London McCaffrey y Zoe Crosby acababa de pasar por un divorcio espantoso, pero lo que Ryan Dailey le había hecho a Kelly, la hermana de Everly, no tenía nombre.

–No sé cómo podría vengarme de Linc sin que saliera escaldada –comentó London mordiéndose el labio pintado de color coral.

–Tiene razón –Zoe asintió con la cabeza–. Hagamos lo que hagamos, acabaremos pareciendo las malas.

–No si cada una... persigue al hombre de otra –replicó Everly con cierta emoción al ver que las otras mujeres mostraban curiosidad–. Pensadlo. Somos unas desconocidas en un cóctel. ¿Quién iba a relacionarnos? Yo persigo a Linc, London persigue a Tristan y Zoe persigue a Ryan.

–Cuando dices «perseguir» –Zoe titubeó un poco–, ¿en qué estás pensando?

–Todo el mundo tiene trapos sucios, sobre todo, los hombres poderosos. Solo tenemos que averiguar cuáles son los peores que tienen ellos y airearlos.

–Me gusta la idea –comentó London–. Linc se merece sentir algo del dolor y humillación que he soportado desde que rompió nuestro compromiso.

–Cuenta conmigo también –añadió Zoe asintiendo con la cabeza.

–Fantástico –Everly levantó la copa, pero solo mostró una parte de toda la alegría que sentía–. Brindo para que paguen.

–Que paguen –repitió London.

–Que paguen –concluyó Zoe.

La fiesta que celebrada el décimo aniversario de la Fundación Dixie Bass-Crosby estaba en su apogeo cuando Harrison Crosby pasó por debajo de la lámpara de cristal del Baccarat que colgaba del altísimo techo del vestíbulo de la mansión reformada. Tomó una copa de champán de la bandeja de una camarera, cruzó el vestíbulo con suelo de mármol y columnas y llegó al salón de baile, donde había un cuarteto de cuerdas que tocaba en un rincón.

Hacía treinta años, Jack Crosby, el tío de Harrison, compró la histórica plantación Groves, a unos cincuenta kilómetros de Charleston, para que esas cuarenta hectáreas de terreno fuesen la sede central de Crosby Motorsports.

En esa época, la mansión de 1850 estaba en un estado lamentable y estuvieron a punto de derribarla.

Bianca

Su esposa, de la que vivía separado, pasaría un último fin de semana en su cama

EN LA CAMA DEL SICILIANO

Sharon Kendrick

Cuando la esposa que lo había abandonado le pidió el divorcio, el multimillonario siciliano Rocco Barberi decidió aprovechar la oportunidad. Nunca habían hablado de su doloroso pasado, pero aquella era la oportunidad perfecta para hacer suya a Nicole y olvidarse de ella para siempre.

De modo que le ofreció un trato: si quería rehacer su vida, sería suya en la cama por última vez.

¡YA EN TU PUNTO DE VENTA!

Acepte 2 de nuestras mejores novelas de amor GRATIS

¡Y reciba un regalo sorpresa!

Oferta especial de tiempo limitado

Rellene el cupón y envíelo a
Harlequin Reader Service®
3010 Walden Ave.
P.O. Box 1867
Buffalo, N.Y. 14240-1867

¡Sí! Por favor, envíenme 2 novelas de amor de Harlequin (1 Bianca® y 1 Deseo®) gratis, más el regalo sorpresa. Luego remítanme 4 novelas nuevas todos los meses, las cuales recibiré mucho antes de que aparezcan en librerías, y factúrenme al bajo precio de $3,24 cada una, más $0,25 por envío e impuesto de ventas, si corresponde*. Este es el precio total, y es un ahorro de casi el 20% sobre el precio de portada. !Una oferta excelente! Entiendo que el hecho de aceptar estos libros y el regalo no me obliga en forma alguna a la compra de libros adicionales. Y también que puedo devolver cualquier envío y cancelar en cualquier momento. Aún si decido no comprar ningún otro libro de Harlequin, los 2 libros gratis y el regalo sorpresa son míos para siempre.

416 LBN DU7N

Nombre y apellido _____ (Por favor, letra de molde)

Dirección _____ Apartamento No.

Ciudad _____ Estado _____ Zona postal

Esta oferta se limita a un pedido por hogar y no está disponible para los subscriptores actuales de Deseo® y Bianca®.
*Los términos y precios quedan sujetos a cambios sin aviso previo.
Impuestos de ventas aplican en N.Y.

SPN-03 ©2003 Harlequin Enterprises Limited

Bianca

No tenía elección, tenía que casarse con él

BATALLA SENSUAL

Maggie Cox

Lily no había imaginado que su casero, que quería echarla de casa, sería el atractivo magnate Bastian Carrera.

La hostilidad inicial los había llevado a un encuentro extraordinariamente sensual cuyas consecuencias fueron sorprendentes. Para reivindicar su derecho a ejercer de padre y a estar con la mujer que tanto lo había hecho disfrutar, Bastian le pidió a Lily que se casase con él. ¿Pero podía ser ella completamente suya cuando lo único que le ofrecía era un anillo?

DESEO

A aquel multimillonario no le iba el trabajo en equipo... ¡hasta que la conoció!

Tentación en Las Vegas

MAUREEN CHILD

Cooper Hayes se negaba a compartir con nadie su imperio hotelero, y menos aún con Terri Ferguson, la hija secreta de su difunto socio, por muy bella que fuera. Estaba obsesionado con comprarle su parte de la compañía y con las fantasías pecaminosas que despertaba en él, pero Terri, aunque sí estaba dispuesta a compartir su cama, no dejaría que la apartara del negocio. ¿Hasta dónde estaría dispuesto Cooper a llegar por un amor que el dinero no podía comprar?